Maison Arkonak Rhugen 3

I Leoni di Kiiv

Autore: Richardt Guitterzzi

Capitolo 1

"Orion"

"Non ho fallito.
Ho appena scoperto 10.000 modi che non funzionano".

Thomas Alva Edison, inventore americano.

-- Abbiamo ricevuto un messaggio da Matrix.- Ha detto il Comandante Rodolfo Azteca. Vogliono una videoconferenza con noi. Penso che abbiamo notizie dopo quel nostro apporto.
-- So di aver esagerato un po'. Ma non mi pento di nulla. Se vuoi, te lo ripeto ancora. Parola per parola. Solo che non pensavo che mi avresti supportato. Sei sempre così cauto...
-- Tutto quello che hai detto era vero, Sonja. Come avrei negato i fatti? Potevo solo confermare e firmare qui sotto. E poi abbiamo già intrapreso una strada senza ritorno, da qui in poi è tutto o niente.
-- Noi e le ragazze siamo militari. Andremo sicuramente alla Corte Marziale.
-- Per essere giudicati, dobbiamo prima uscire vivi da questa Terra.
-- Pensi che possano abbandonarci qui?
-- Dopo la nostra segnalazione, non ho più dubbi.
-- Siamo a un punto morto, Roy. Una videoconferenza? Con chi parlerai?
-- Ho solo, no. Vogliono la presenza di tutta la squadra.
-- Tutta la squadra? Come faremo a battere in astuzia Sabrina?
-- Parteciperà anche lei. Vogliono incontrare il novellino terrestre.
-- Sono impazziti? Non è pronta! Nelle case dove lavorava non le era permesso nemmeno di usare il telefono! Come spiegherò a una ragazza del 1915 cos'è una videoconferenza interplanetaria?
-- Spero che tu possa, Sonja. Perché dovrà partecipare. E se, dopo, dice a qualcuno di aver avuto una videoconferenza con gli alieni...
-- Ospizio e asilo. Già capito. Quando sarà?
-- Sono riuscito a programmarlo per stasera. Alle 2 del mattino, nel ripostiglio.
-- Ben scelto. Se qualcuno inizia a urlare, possiamo far cadere alcune scatole, per attutire il suono. Scatole vuote, ovviamente.
-- Se dobbiamo spiegare cos'è la videoconferenza alla gente del 1915, è meglio dire che ci siamo ubriacati, bevendo profumo.
-- Non è nemmeno bere nitroglicerina e mangiare polvere da sparo, Roy.
XXXXXXXXXXXXXXXXXXXXXXXXXXXXXXXXXXXXXXXXXXX

--- Siamo tutti qui? Già installato nelle vostre sedie? Sabrina, sei pronta?
--- Sono pronta. La Contessa me l'ha già spiegato. È come una star del cinema, che parla al pubblico, attraverso la telecamera.
--- È quasi tutto. Siamo già in tempo. Accenderò il dispositivo.

Rodolfo ha acceso il dispositivo. Dopo alcuni secondi di interferenza elettromagnetica, è apparso il chiamante. La sorpresa è stata totale, per tutti. Per Sabrina, la qualità dell'immagine a colori era inimmaginabile rispetto ai film muti in bianco e nero.Se non fosse per le dimensioni dello schermo da 15 pollici del dispositivo, potresti invitare l'ufficiale dello schermo a prendere un gelato insieme. Il Comandante, sullo schermo, sembrava essere di fronte a lui.

Per il resto della squadra, il personaggio emerso portava un chiaro messaggio di pericolo.
--- Comandante Sanders. - Disse Azteca,alzandosi e salutando,accompagnato daSonja, Kelly e Jill.
--- Bello vedere che sai ancora salutare. E ora, sono il contrammiraglio Sanders, sono stato promosso una ventina di minuti fa, grazie a te, a volontà.

Sanders guardò il gruppo di Arkonak. Consultò alcuni appunti, che aveva tra le mani, e disse:
--- Insieme a un pezzo di latta, mi è stata assegnata anche la missione di salvare te, Arkonak e gli antidoti, da questa montagna di merda in cui ti sei seppellito. Quindi saltiamo le "congratulazioni" e andiamo dritti al punto. D'ora in poi, chiamami semplicemente "Orion". Sono il nuovo comandante di questa montagna di merda.
--- Che fine ha fatto il vecchio "Orion"? – Chiese Azteca.
--- Grazie alla tua bella segnalazione, ha dovuto dimettersi.In segno di solidarietà,tutta la sua squadra lo ha seguito. Nessuno qui vuole nemmeno ricordare che esisti. Se la vostra missione non fosse così importante, potreste andare tutti all'inferno. Nessuno voleva essere "Orion". Per promuovermi, immagina quanto sia disperato il Ministero.

Chayse batté sul pavimento l'estremità del suo bastone.
--- Beh, penso che abbiano fatto una scelta brillante. Sei l'uomo per questo posto da sempre, Contrammiraglio Olavo Sanders. Oppure "Orion", come preferisci.

Ci fu silenzio. Pesante come pietra.

Olavo Sanders era un ragazzo con pochi amici, dalla carnagione spessa e schietto. Aveva un record molto voluminoso di insubordinazione e arresti disciplinari. Nessuno lo ha invitato a feste, ricevimenti ed eventi sociali.

Ma professionalmente, era inesorabilmente efficiente. La personificazione del soldato di prima linea. Duro, crudo, disposto a uccidere o essere ucciso per compiere la sua missione. Lui stesso ha riconosciuto di non essere un buon stratega. La sua tecnica preferita, se così si può chiamare, di battere a testa alta, contro tutto e tutti, anche i superiori, gli aveva già procurato grande fastidio.

All'interno della flotta, era detestato dai suoi superiori e adorato dai soldati. Era il pompiere dei soccorsi impossibili, chiamato solo quando più della metà era già in cenere.

Immaginate la sorpresa del Team Arkonak, nel vedere che tutti i pianificatori originali della missione erano stati esonerati e che avevano dovuto promuovere Sanders a Contrammiraglio, affinché accettasse un incarico, che nessuno voleva.

Persino lui non riusciva a credere di essere seduto sulla sedia di "Orion" (nome in codice del Comandante Esecutivo dell'Operazione Arkonak).

Quando ha letto il rapporto di Rodolfo Azteca, e ha visto che doveva guidare quella "montagna di merda", ha quasi avuto un esaurimento nervoso.

Ma dopo la sorpresa iniziale, l'espressione della "Famiglia Arkonak" è diventata più calma. Se c'era un "Orion" di cui potersi fidare per tirarlo fuori dai guai, quell'uomo si chiamava Olavo Sanders.

Personalmente, Sanders li odiava tutti, ogni membro,individualmente,ciascuno per un motivo particolare. E l'intera squadra, collettivamente, ancora di più.

Per Sanders,erano il circo più ridicolo che fosse mai stato su na nave militare.

Ma tirar fuori dai guai gli idioti era ciò che sapeva fare meglio.

E dovevo ammettere:le confusioni della famiglia Arkonak erano molto insolite. Gli Arkonak erano una sfida formidabile, anche per lui. E Sanders non era un uomo da evitare le sfide.

Era un classico caso di opposti che si attraggono.

-- Comandante Azteca, ho letto il tuo rapporto e ho visto i tuoi file. – Iniziò "Orion", distogliendo lo sguardo da loro. Non riuscivo nemmeno a guardarli, ero così arrabbiato. Preferisco guardare i tuoi appunti. ---- Allora cominciamo. Correggiti se i miei appunti sono sbagliati.

Sembrava concentrarsi sui dischi che aveva a portata di mano.

-- Il Comandante dell'Incrociatore Rodolfo Adler Azteca. Tu vieni dal Pianeta Vega Centaur. Ha avuto una corsa molto regolare, fino a raggiungere il Candidato a Ufficiale. Fu mandato per uno scambio di studenti sul Pianeta Vorskhotcha, dove incontrò la Maggiore Sonja Narodja, all'epoca anche lei Aspirante. Dopo essere tornato, ha continuato fino a raggiungere il grado di Capitano. Poi abbandonò la carriera e andò alla Riserva. Nella vita civile divenne proprietario di una nave da trasporto, allo scoppio della guerra fu richiamato e divenne un eroe di guerra.

"Orion" ha cercato altre note.

--- Sei diventato una specie di "Ragazzo della propaganda" per lo sforzo bellico, scattando foto e baciando i bambini piccoli. Sembra che la famiglia azteca abbia molti amici influenti negli alti gradi. Quando sorse la missione di tornare sul Pianeta Terra e cercare un antidoto ai gas velenosi, sua esperienza civile,come viaggiatore mercenario, avventuriero senza capo, pesò a suo favore. Pensano che tu abbia iniziativa.

"Orion" lesse un po' e proseguì:

--- Ti è stato dato il comando di una fregata, chiamata Arkonak. Una nave da 29.000 tonnellate, 171 metri di lunghezza, 23 metri di larghezza. Con ali retrattili,di geometria variabile,che raggiungono i 150 metri di apertura alare. Il suo equipaggio,quando partì, era composto da 3500 androidi e 8 umani.

--- Androidi? Cos'è quello? - Chiese Sabrina dolcemente.

--- Robot con sembianze umane. Hai mai pensato se dovessimo sfamare altre 3500 persone? – Rispose Jill.

"Orion" finse di non sentire la conversazione in sottofondo e continuò:

--- Il seconda in comando è il Maggiore Sonja Demetryieva Narodja, alias l'Agente Vulpine, di OKHRANA, il Servizio Segreto di Vorskhotcha. Nel tempo libero si presenta come Contessa,in quanto erede di un'antica famiglia della nobiltà vorkotti,che deteneva quel titolo prima della Rivoluzione. Devo ricordarti che la Federazione è una Repubblica e che il tuo grado ufficiale a bordo della nave è quello di Maggiore, non di Contessa.

--- Lo so. Ma sul Pianeta Terra nel 1915, essere Contessa è un travestimento molto migliore. Spiegare una donna Maggiore sarebbe difficile. – Rispose Sonja.

"Orion" annuì. Chi aveva l'opzione? L'agente sotto copertura era lei.

--- Andare avanti. Hai incontrato il Comandante Azteca all'Accademia Militare di

Vorskhotcha quando erano entrambi Aspiranti, essendo uno studente in scambio. Anche in questo periodo, la signora iniziò la sua carriera di spia. Fu una agente sul campo per più di 10 anni, fino a quando la Rivoluzione rovesciò la Monarchia Vorkotti. Dopo una spettacolare fuga da Vorskhotcha, presa dai rivoluzionari, si stabilì a Vega-Centauro, al fianco del Comandante Azteca.

"Orion" tramite più annotazioni.

--- Sei diventato un consulente di Controspionaggio per i Servizi Segreti Veganese. È stata scelta per questa missione perché, oltre ad essere la moglie del Comandante, è riconosciuta anche per le sue capacità tattiche. Sei stato tu a scegliere personalmente gli altri due soldati del gruppo. I Tenenti Jill Dashin e Kelly Falsborg dell'Esercito del Pianeta Polaris.

--- Siete due Luogotenenti? - Sabrina rimase stupita, rivolgendosi alle sue amiche.

Tutti guardarono il suo viso stupito. Era "Orion" a parlare, con espressione ironica.

--- Sono solo io, o il rookie terrestre non sapeva niente di tutto questo?

--- Scusa, Ammiraglio Orion, è solo che, qui sulla Terra,le donne non escono nemmeno per strada, senza il permesso del padre o del marito. Tanto meno, hanno visto Luogotenenti e Maggiore della Marina.

--- Non abbiamo una Marina qui, Signorina. Le nostre astronavi viaggiano nello Spazio

--- E le tue astronavi hanno il gelato? – Chiese Sabrina, con espressione disinteressata

Tutti hanno fatto uno sforzo enorme per non ridere. Ora Sanders sapeva com'era essere il capo di un subordinato dissoluto.Stava assaporando il proprio veleno.

--- Dopotutto, possiamo procedere o no? - Detto, con una brutta faccia.

--- Noi possiamo. - Detto Roy.

--- I Tenenti Dalshin e Falsborg. Figlie, nipoti e sorelle dei militari, conosciute come "Suore Siamesi", furono reclutate dal Maggiore Narodja e addestrate per questa missione. C'era un altro soldato a bordo. Il maggiore Wilfred Blum.Cosa gli è successo?

--- L'ho ucciso. - Rispose Azteca, senza alterare un solo muscolo del viso.

--- Il Signore l'ha già spiegato nella tua relazione.Ora,passiamo ai civili.A bordo c'erano due civili. Un ex Capitano della Polizia di Vegas, l'Ispettore Alfred Menzo Chayse; e un Professore di Arti, ex Curatore del Museo Vandarkia, il Professor Reinhardt Stephan Kracory.

--- Corretta.

--- Quanto al terrestre a cui piace il gelato, l'hai reclutata lì, sul posto. È una civile, autodidatta in Botanica e Profumeria,il cui unico fatto rilevante è che ha dato fuoco alla sua stessa casa ed è stata espulsa dal suo paese, il Brasile, dalla sua stessa madre,che non voleva vederla arrestata.

--- Corretta.

--- A quanto ho capito, è in laboratorio,in sostituzione del Maggiore Blum,che aveva più di venti lauree in Chimica e Biologia, e che hai ucciso, durante il viaggio.

--- Corretta.

--- Che meraviglia! Ho sempre voluto essere il proprietario di un circo mambembe. Esc nello Spazio con una troupe di pagliaci! Ora, alla missione. Quali erano i tuoi ordini, esattamente, Comandante Azteca?

--- Mi è stato detto che sarebbe stata una missione relativamente semplice. Come lei stesso ha ricordato, ero un ragazzo da poster, che baciava i bambini piccoli. In effetti, ho una certa esperienza nella navigazione improvvisata dai miei giorni da civile. Ma, francamente, credo che saper baciare i bambini piccoli sia stato un criterio che ha esato più nella mia scelta, che nei miei meriti militari.

-- Quello che intendeva dire è che è stato tutto un grande scherzo, fin dall'inizio.

-- Ho capito molto bene cosa intendesse, Maggiore Narodja. Trattenere. Procedi, Comandante.

-- Fondamentalmente uno stratagemma di marketing politico. L'Eroe di guerra, Propaganda Boy, tornò sul Pianeta Terra, prese l'antidoto e tornò, ancora più eroico. Troppo facile per essere vero. Avrei dovuto sospettare. Non sono stato consultato su assolutamente nulla riguardo alla missione. Per loro ero un burattino, non un Comandante.

-- Era quello il piano? Basta arrivare sulla Terra,prendere l'antidoto e tornare a baciare bambini? Così semplice?

-- È così semplice.

-- E cosa è andato storto?

-- Tutto è iniziato male, dall'inizio. Non ho potuto partecipare ai preparativi per la missione. Mentre la nave, e il suo equipaggio androide, veniva programmato, io viaggiavo attraverso Vega-Centauro, intrattenuto da eventi di propaganda. Anche per portare questa squadra umana con me, ci sono volute molte conversazioni, principalmente su cibo e alloggio per gli umani. Francamente, l'Ammiragliato voleva ridurre al minimo possibile la presenza umana a bordo dell'Arkonak.Pensavano davvero che gli androidi potessero risolvere tutto.

-- Alla fine te ne sei andato, con 8 umani e 3500 androidi Hai fatto il resoconto del viaggio, ma voglio avere tue notizie, Comandante Azteca.

-- I computer e gli androidi dell'astronave erano già programmati. Dovevo solo premere il pulsante "Avvia Sistemi" e basta: il controllo automatico di bordo avrebbe fatto il resto. Avevo una "Carta de Prego", un messaggio top secret del vecchio "Orion". Dovrebbe essere aperto solo poco prima di entrare nella stratosfera del Pianeta Terra.

-- Nella tua relazione hai detto che solo quando hai letto il messaggio hai capito che la tua missione era suicida e irrealizzabile. Qual era il messaggio nella lettera?

-- Fino ad allora ero calmo, pensando che l'Ammiragliato sapesse dov'era l'antidoto. Questo è quello che ho capito quando hanno detto che era solo "vai sulla Terra, prendi l'antidoto e torna indietro". Fu solo quando lessi la lettera che vidi che era una follia totale.

-- E quali erano quegli ordini folli che ti facevano preferire la Corte Marziale?

-- Si diceva che, nella guerra tra i terrestri, c'erano 4 capitali principali: Londra e Parigi, da una parte, Berlino e Vienna, dall'altra. Dovrei sceglierne uno, per invadere. Dovrei portare Arkonak nella capitale prescelta, attaccarla con cannoni laser e far atterrare gli androidi. Lì, avremmo reso schiava la popolazione terrestre locale, presentandoci come dei.Quindi costringeremmo i terrestri a cercare gli antidoti per noi. Se necessario, spruzzeremmo noi stessi la città con gas velenosi, per sottometterli.

       C'era silenzio. Sabrina era sotto shock.

-- Il tuo piano era di rendere schiavo il popolo di Vienna? La città dei miei genitori?

       Sonja si voltò verso di lei e annuì.

-- Scommetto che nemmeno il tuo capo dell'età della pietra scheggiata aveva un piano del genere.

       Anche "Orion" era sotto shock. Aveva preso troppi ordini idioti durante la sua carriera. Ma quello ha stabilito un nuovo record.

-- E cosa è successo? – chiese infine.

-- Quando gli ordini furono rilasciati, il Maggiore Blum mostrò le sue vere intenzioni.

Aveva già violato il messaggio e sapeva degli ordini prima di noi. Non aveva mai avuto intenzione di cercare antidoti, gli piaceva molto di più produrre gas velenosi. E mi piaceva anche l'idea di diventare "dio" e schiavizzare le città.Abbiamo combattuto el'ho ucciso a mani nude.

--- Era autodifesa. – Detto Sonja. --- Siamo tutti tuoi testimoni.

--- Io, in particolare. – Hai completato Chayse. --- Non riuscivo a vedere il combattimento, ma ho avvisato il Comandante, quando Blum ha cercato di attaccarlo da dietro, con una siringa avvelenata.

--- Dovrebbe essere. Nel rapporto dici di aver infilato la siringa in gola a Blum e che è morto sul colpo. E poi?

--- Non eravamo in grado di invadere nulla, tanto meno schiavizzare nessuno. Era tutto un suicidio e in pratica non avevamo un piano. Così abbiamo iniziato ad improvvisare. Avevamo bisogno di guadagnare tempo e ottenere la minor attenzione possibile, fino a quando non riuscivamo a pensare a qualcosa.

--- Poi sono iniziate le improvvisazioni. Bene. - Ha scritto "Orion".---Che cosa hai fatto

--- Ho scelto Londra, ma sono riuscito a cambiare le coordinate, così possiamo tuffarci sul fondo del Mare del Nord. Era l'unico posto dove potevamo nascondere un'astronave di quasi 200 metri.

     Sonja è intervenuta.

--- Ma non potevamo essere rinchiusi ad Arkonak, a più di 100 metri di profondità. Siamo entrati nel mini-sottomarino e ci siamo avvicinati alla costa inglese. Avevamo bisogno di vestiti terrestri e di alcuni travestimenti.

--- Quindi siamo stati fortunati. Abbiamo visto una vecchia barca, ancora alimentata a vela e carbone. Stava lasciando la costa inglese. Devono essere contrabbandieri.

--- Ci avviciniamo alla barca, lanciamo fumogeni a bordo, per simulare un incendio. E l'equipaggio è saltato fuori bordo.

--- Poi abbiamo preso il controllo della barca e ci siamo diretti a tutta velocità verso il porto di Amsterdam, che è neutrale.

     "Orion" rise.

--- Iniziato bene. Rubare una nave.

--- Tecnicamente, l'abbiamo trovato abbandonato. E, per le Leggi del Mare, chi trova in alto mare una nave abbandonata ne è proprietaria. Non li abbiamo fatti saltare fuori bordo, avrebbero potuto restare e scoprire che era un trucco.

--- Solo quando abbiamo ispezionato la nave abbiamo scoperto che il carico era di profumi orientali, piante aromatiche e mobili. C'erano anche dei vestiti e molti soprammobili.

--- Abbiamo venduto alcune cose, risparmiato dei soldi e affittato l'edificio. Abbiamo creato la Maison Arkonak Rhugen ed eccoci qui.

--- Allora, ecco perché hanno aperto la profumeria. Era il carico di una nave catturata. - Detto "Orion", con un'espressione divertita.

--- Nel cuore della notte, in alto mare, non puoi scegliere molto. – Detto Sonja.

--- No certo che no. Cosa hanno fatto con la nave?

--- Dopo aver portato il carico all'edificio, lo abbiamo portato in alto mare e l'abbiamo affondato. Nessun indizio.

     Rodolfo Azteca fissò il suo superiore.

--- Comandante "Orion", sono pienamente consapevole che abbiamo violato una moltitudine di regole e mi assumo pienamente tutte le responsabilità del mio comando. Ma prima di dover rispondere per qualsiasi cosa, la mia priorità, Numero 1, era

reservare il sicurezza della mia squadra. Non potevo portarli ad Hyde Park e lasciarli
nciare dalla gente di Londra. Per scoprire qualsiasi antidoto, dobbiamo prima rimanere
 vita. Se veniamo scoperti e deportati per spionaggio, nessun altro paese neutrale ci
ccoglierà. E in qualsiasi paese in guerra, possiamo essere fucilati per spionaggio.
ssere al servizio di una Federazione Intergalattica non sembra un buon fattore
ctenuante.
- Questo se i terrestri credono negli extraterrestri. Altrimenti... - Aggiunse Chayse.
- ... Ospizio e Asilo. – Dedusse Sonja.
- Così è. – Ha concluso Chayse.
- Questa è la situazione, Comandante "Orion". Farò tutto il necessario per trovare
antidoto e preservare la mia squadra. E risponderò di tutti gli atti compiuti. Ma solo
uando, e se, torneremo. – Finito Rodolfo Azteca.
        Sabrina è intervenuta, prima che "Orion" potesse rispondere.
- Mi scusi, sono solo un terrestre alle prime armi e sono un po' confuso.Ti sei allenato
er interpretare un Comandante, una Contessa e così via.
- Programmazione Neuro Linguistica. Corretta.
- Questo. Saresti come attori, interpreti personaggi.
- Corretta.
- E ora, scopro che sei davvero un Comandante, una Contessa e tutto il resto. non ho
apito. Sei o non sei?
- La neurolinguistica non crea niente, né ti dà niente, che tu non abbia già. Ti aiuta
olo a scoprire ciò che hai già. È come se avessi già un puzzle, con tutti i pezzi sciolti, e
 neurolinguistica ti aiuta a metterli in ordine.
- Ecco perché un comandante veganese può impersonare un comandante americano,
na contessa vorkotti può impersonare una contessa russa. Il poliziotto veganese può
ire di essere di New York.
- Un professore vandarkiano potrebbe passare per svizzero e due luogotenenti polari
otrebbero essere afro-canadesi.
- Tutte mezze verità, che possono essere convincenti.
- E mezze bugie, che si possono scoprire. È come se io,essendo brasiliana,raccontassi
 mia storia vera, ma come se fossi portoghese. Potrei essere convincente. Ma se
ualcuno dovesse controllare la mia vita in Portogallo, nessuno lì mi ha mai visto.
        "Orion" li ascoltò, evitando di guardarli negli occhi. Riassunto, dopotutto.
- Quindi, la tua missione era quella di scendere con la nave nel mezzo di una grande
ittà e ridurre in schiavitù milioni di persone.
        Kracory è intervenuto.
- Riesci a immaginare quanto sia meraviglioso? Un branco di idioti circondato in una
iazza, che cerca di conquistare il mondo?
- Qualche nome di questa operazione? – Chiese Sabrina.
- Senza nome. Probabilmente "Operazione Lynch Idiots". – Rispose Sonja.
- E il capitano tedesco, Kausk? – Chiese "Orione". --- Come facevano a sapere che
uella notte un agente dei Servizi Segreti Tedeschi sarebbe arrivato al Consolato con la
nissione di indagare su di loro?
- Era la deduzione logica. Gli "Aneddoti del Pescatore",pubblicati sui giornali olandesi,
ne parlavano di navi extraterrestri che cadevano di notte nel Mare del Nord, sono
erviti da avvertimento. Era chiaro che diversi testimoni ci avevano visto durante
atterraggio.
- Gli inglesi pensavano che fosse uno Zeppelin, un dirigibile tedesco, perso, caduto in

mare. Sapevamo che avrebbero continuato a cercare nel sito. Ma non hanno l'attrezzatura di ricerca per localizzare Arkonak. Non ci hanno preoccupato.

--- Ma i tedeschi sapevano che non era uno di loro. E il culto degli Adoradori Alien, de Vril o Vin-Yas, ha un seguito molto influente in Germania. Le voci sugli extraterrestri alla fine avrebbero attirato i tedeschi.

--- Quindi stavamo monitorando la loro frequenza radio. Nel caso in cui.

--- Quando il Colonnello Nicolai, Capo dei Servizi Segreti Tedeschi, ha inviato un messaggio da Berlino, informando il Consolato Tedesco ad Amsterdam che stava inviando un agente dal Belgio, abbiamo deciso di aspettarlo.

--- Grazie all'attività di profumeria, incontriamo molte persone. Alcuni dal Belgio. Alcu della Resistenza Belga.

--- Non è stato difficile ottenere il file completo di Kausk. I mostri psicopatici diventan famosi velocemente.

--- Andammo al Consolato, aspettando di vedere chi avrebbe mandato Berlino. E indovina chi c'era? Giusto. Kausk. Puntuali come un orologio.

--- Il resto è nel rapporto, Signore. – Concluse Azteca.

--- È. Se il Console non fosse stato così impegnato a flirtare con il novellino terrestre, avrebbe potuto spazzare via il Team Arkonak quella stessa notte.

C'era silenzio. "Orion" ha continuato:

--- Il tuo rapporto è terrificante. Il Maggiore Narodja ha lanciato pietre e gli hanno sparato. Fu appena fatale. I Luogotenenti hanno scavalcato un muro e hanno invaso una Rappresentanza Diplomatica. Azteca, Chayse e Kracory erano in sala, in territorio tedesco, cercando di confondere le indagini. E il Console notò la stranezza dei tre che erano uniti in una profumeria. Gli è mai venuto in mente che, all'interno del Consolato il Console avesse il potere di arrestare loro tre, oltre al nuovo arrivato? Nemmeno la Polizia olandese avrebbe potuto salvarli. All'interno del Consolato, l'imperatore era He Osten. Hai avuto molta più fortuna che giudizio.

Un altro silenzio. "Orion" ha analizzato i loro rapporti.

--- Da quello che ho capito, di tutte le distrazioni che avete creato quella notte, quella del rookie era l'unica che funzionava. È stata lei a salvarti. E ha ragione anche su qualcos'altro. Anche le loro mezze bugie, che si atteggiano a terrestri, non sono diffici da sfatare. Nessuno sul Pianeta Terra li conosce.

--- Sono completamente d'accordo. Sabrina ha molto talento. Posso promuoverti tenente o darti un comando? – Chiese Roy Azteca.

Sabrina protestò:

--- Non voglio nessuno dei due! Stai andando alla Corte Marziale. Preferisco la mia promozione sul gelato.

--- Se hai il ripieno di cioccolato, ti appoggio. - Detto Kracory.

--- Era proprio quello che serviva! Complice di questo piccolo nano avido. - Detto Jill.

--- Sei una ingannevole, è vero! - Protestò il nano.

--- Bel tentativo, Roy. Penso che nessuno voglia essere nei tuoi panni. - Sonja rise.

"Orion" ascoltava tutto, fingendo di essere distratto. Infine, li affrontò:

--- Ora, andiamo a ciò che conta davvero. L'antidoto per cui sei andato. Hai già un'ide di dove sia?

Tutti gli occhi si volsero al Professor Kracory. Persino Chayse si voltò, sorridendo in direzione del nano.

--- Ora, vediamo chi è il ingannevole qui! - Detto Jill, fingendo di essere arrabbiata. M nessuno poteva arrabbiarsi con Kracory.

Il piccolo nano guardò ciascuno e vide che era circondato. Abbassò lo sguardo, come se parlasse da solo.

-- E' solo una teoria... - esordì, giustificandosi.

-- Parla presto! - Dissero tutti, quasi contemporaneamente.

-- Dopo la caduta dell'Impero Romano, Bisanzio è stata per mille anni il centro commerciale del mondo. Qualsiasi prodotto, proveniente dall'Oriente, prima di aggiungere l'Europa, doveva essere passato da Bisanzio, quando ancora la capitale dell'Impero si chiamava Costantinopoli. Per i cristiani in Occidente, questo è cambiato solo quando i turchi ottomani hanno preso il controllo della città nel 1453.

-- Ci abbiamo già pensato. - Detto Azteca. --- Se gli ingredienti dell'antidoto fossero arrivati in Europa dopo, sarebbero passati direttamente da Venezia.

-- Ma non consideriamo un'altra possibilità. I vichinghi svedesi raggiunsero Costantinopoli/Istanbul attraverso il fiume Dnepr e continuarono a fare affari con gli ottomani anche dopo la caduta della città. Prima gli affari, poi la religione.

-- Avevano un percorso alternativo? – Chiese Sonja.

-- È possibile. Il Dnepr è navigabile tutto l'anno. E va quasi direttamente dalla Svezia al Mar Nero, attraverso la Russia.

-- Qualche centro commerciale?

-- Kiiv. Quasi a quel tempo, era la capitale di un regno slavo indipendente.

-- Ho visto che vado a fare una passeggiata. Sono il russo nella squadra. Sabrina, non credo che il tuo accento tedesco avrà molto successo lì. Chayse resta con te qui alla Maison. E questa volta, è reale. Nessun gioco "caldo" o "freddo" per lui. Non andremo a un ricevimento al Consolato.

-- Già capito. Ho sentito parlare della vita nell'Impero Russo.Anche prima della guerra, servi non avevano nulla da perdere "tranne le loro catene". Immagina ora. Penseremo a tutto noi fino al tuo ritorno.

-- Chayse, cosa ne pensi?

-- Non credo che voi cinque possiate risparmiare a nessun altro. Io e Sabrina staremo bene.

-- Sono sicuro che ci mancherai molto.

-- Non si preoccupi per me,Comandante,ho sentito anche la barzelletta sul cieco perso nella sparatoria. Inoltre, Sabrina avrebbe dovuto darmi la ricetta per il barbecue brasiliano.

--Eccellente. Quindi hai già deciso di andare a Kiiv. - Detto "Orion".

Il Contrammiraglio era rimasto in silenzio, con il dispositivo acceso,a guardare tutto dal monitor. Volevo vedere come lavorava la squadra.L'equipaggio di Arkonak era una famiglia. Chi ha lottato per cioccolatini e gelati. E questo stava cercando di salvare ciò che restava della razza umana, come se fosse la cosa più naturale dell'Universo. Parlavano di andare in una città molto pericolosa e di cercare un ago in un pagliaio, perso da quasi mille anni, come se stessero programmando un picnic nel parco.

Non c'era alcuna garanzia che avrebbero avuto successo. Ma, con assoluta certezza, non potevo trovare una squadra migliore per trovare l'antidoto.

"Orion" li ascoltò, considerando le sue opzioni. Lo Squadrone era una forza militare. Le sue opzioni erano, fondamentalmente, di inviare truppe d'assalto, per far saltare in aria tutto sul suo cammino. Ma, per questo, dovrebbe esserci un lavoro di intelligence, sul posto. Prima di attaccare un bersaglio, è necessario localizzarlo, mapparlo e considerare le variabili di tale operazione.

Per lui era chiaro che l'Operazione Arkonak era stata una montagna di arroganza ed era condannata fin dall'inizio. Era stato un miracolo che non fossero stati né catturati né uccisi.

Ma questo è dovuto molto più alle loro capacità individuali ea pochi momenti di fortuna, che alla pianificazione strategica.

Ma ora la sua situazione sul campo era molto difficile. Erano ancora vivi e vegeti, ma completamente circondati.

Rodolfo Azteca aveva ragione. Prima che qualcuno potesse accusarli in una Corte Marziale, avrebbero dovuto prima essere salvati vivi. E quella preoccupazione, comunque, sarebbe ridicola. Se portassero l'antidoto, sarebbero eroi e riceverebbero medaglie. Se così non fosse, forse non ci sarebbero nemmeno più giudici a giudicarli.

Non c'erano né il tempo né le condizioni per inviare un'altra nave sulla Terra. "Orion" poteva contare solo sul "Matrix", un gigantesco incrociatore stellare, in orbita terrestre, da cui partirono le fregate Arkonak.

Ora sapeva che la fregata Arkonak 1 era al sicuro, per il momento, nascosta in fondo al Mare del Nord, e la sua squadra umana era ben travestita ad Amsterdam. E ancora disposto a continuare la missione.

Tutto sommato, la situazione era ancora molto migliore di quanto avessi immaginato.

"Orion" sapeva che la sua missione era terribile. Le vite di centinaia di milioni di umani dipendevano dal fatto che si fidasse o meno di quei 7 ragazzi.

Ad eccezione di Sabrina, gli altri 6 sapevano la posta in gioco. Così hanno cercato di fingere disattenzione.

--- Com'è la situazione nella Federazione? – Chiese Azteca.

--- La guerra è finita. C'era un accordo di cessate il fuoco. Vega – Centauro e Polaris ha vinto. Ma Vandarkia ha conservato molto. Si sta negoziando un trattato di pace.

--- Allora, la tua missione è finita? – Chiese Sabrina.

--- Gas velenosi, diffusi nell'atmosfera, non rispettano gli accordi. Continuano a diffondersi e uccidere persone per generazioni.Abbiamo urgente bisogno dell'antidoto, non solo per salvare coloro che hanno combattuto in guerra,e le loro famiglie.Ma anche i tuoi figli e nipoti.

--- La situazione è così grave?

--- Molto più di quanto tu possa immaginare, Sabrina.

--- Penso di aver perso la voglia di mangiare il gelato nella tua navicella spaziale.

Chayse sorrise:

--- Sei giovane e la vita è breve, Sabrina. Quel che sarà sarà. Ma faremo del nostro meglio. E prendiamo il gelato insieme. Sei mio ospite.

--- Goditi ciò per cui Chayse sta pagando, Sabrina! - Detto Kelly. --- Chayse è avaro quasi quanto il Comandante.

--- È bello vederti come la disciplina militare, Tenente Falsburg. Avremo molto di cui parlare quando torni. Sono licenziati. Senso!

Solo il Comandante Azteca si alzò dalla sedia e salutò.

--- Per caso, sei l'unico soldato presente, Comandante?

--- Signore, il Maggiore Narodja ei Tenenti Falsburg e Dalshin sono sotto copertura civile. Se le loro identità militari vengono rivelate, le loro vite saranno a rischio. Mi assumo la piena responsabilità del loro comportamento.

"Orion" lo fissò. Era come guardarsi allo specchio,di qualche anno più giovane

--- Ne parleremo al tuo ritorno, Comandante Azteca. Respinto.

--- Un momento, Signore "Orion". – Chiese Sabrina.

Il Contrammiraglio fissò il novellina civile terrestre.

-- Solo "Orion". Vuole aggiungere qualcosa, Signorina?

-- Qui sulla Terra abbiamo qualcosa chiamato "Polizia".La polizia indaga sul retroscena dei sospetti. Molte persone sospettano di noi. Cercheranno in Russia, America, Canada e Svizzera il passato di tutti qui. Se non trovano nulla, saremo in grossi guai. Vorranno sapere da dove vengono.

-- Questo è vero. Un Commissario Olandese ci ha quasi beccato,perché non sapevamo come usare i loro orologi. – Conferma Sonja.

-- Hai ricevuto documenti falsi, con i tuoi travestimenti?

-- Abbiamo ricevuto, da usare solo come misura di sicurezza.Se l'Arkonak fosse stato distrutto, dovremmo mescolarci con i terrestri e aspettare i soccorsi. Ma è appena sufficiente per noi camminare per le strade. Non resisterebbero a un'indagine più accurata, fatta nelle fonti.

--- Anche così, siamo riusciti ad affittare l'edificio e a spostare il negozio, con queste carte. - Detto Kracory.

--- Che ne dici, Comandante Azteca?

--- Non sappiamo per quanto tempo dovremo restare qui. Nel frattempo, indagheranno su di noi. Dobbiamo guadagnare tempo. Potremmo essere scoperti in qualsiasi momento.

"Orion" pensò. Era un altro problema che gli strateghi della missione non consideravano. I terrestri del 1915 erano molto disprezzati.

La pianificazione della missione era stata piena di errori. Si pensava che, già in guerra, i terrestri fossero già predisposti a un accordo di pace. Certamente, l'hanno immaginato in base alla loro esperienza personale, in una Federazione Intergalattica distante milioni di anni luce dal Pianeta Terra.

Pensavano che i terrestri si sarebbero arresi una volta visti gli androidi. Scommettono sull'impatto dell'elemento sorpresa e sulla superiorità militare nel punto di atterraggio. Sarebbe un piano ragionevole,se conoscessero in anticipo il luogo esatto in cui si trova l'antidoto.

Ma solo il fatto che avessero mandato donne, vecchi, ciechi e nani significava che progettavano di conquistare il favore dell'equipaggio puntando i fucili. Nel dubbio tra "parla piano" e "porta il bastone", hanno finito per non fare nessuna di queste cose nel modo giusto.

La possibilità che la squadra dovesse rimanere sulla Terra indefinitamente non era stata presa in considerazione.

Tutte le regole erano già state infrante. Se esistesse una Corte Marziale, i giudici avrebbero i capelli grigi.

"Orion" considerò la situazione. In quanto nuovo amministratore delegato incaricato di ripulire quel pasticcio, la tua preoccupazione Numero 1 potrebbe essere solo una: trovare l'antidoto e "portare i bambini a casa".

--- Ottimo. Attiverò la "Matrix", per darvi supporto, lì sul campo. Invieranno team di supporto per creare le loro nuove storie. Successivamente, ti invieremo gli script creati, affinché tu possa memorizzare. Sarebbe un peccato se confondessero i tipi di orologi che indossavano i tuoi nonni terrestri. Come al solito, non dovresti avere alcun contatto con nessun membro dei team di supporto e viceversa.

--- Misure di sicurezza. Sarebbe molto strano per uno sconosciuto sapere così tanto del mio passato. – L'Azteca acconsentì.

--- Qualcosa in più? No? Eccellente. Allora, benvenuto a bordo, terrestre. Respinto.

La videoconferenza è terminata. Sabrina guardò la classe.
--- Sono solo io o siamo tutti nei guai?

Tutti guardarono il terrestre. Non era nell'esercito, non doveva passare niente di tutto questo. Ma quella era la sua famiglia adesso. Se loro erano nei guai, i problemi erano anche suoi.

Sonja le abbracciò le spalle.
--- È del tutto possibile. Ma questo lo scopriremo solo a Kiiv.

Capitolo 2

"Il "Vecchio" É Depresso, "Big"".

"Sono diventato pazzo, con lunghi periodi di orribile sanità mentale."

Edgar Allan Poe, scrittore americano.

Il Consolato Britannico ad Amsterdam si trovava ai margini del Canale, con una bellissima vista sul Fiume Amstel.

Il segretaria ha avvisato Benjamin Kostler della visita del suo vecchio amico e "Big Ben" ha deciso di aspettare fuori dal suo ufficio.

-- Terry, vecchio mascalzone! Dove sei stato?

-- Entrare nei guai là fuori, Big. E come va la tua vita da addetto commerciale?

-- Mi sono divertito anch'io. Terry Audrey! Per quanto! Siediti, vuoi un drink?

-- Un whisky con ghiaccio, per iniziare bene la giornata.

-- Terry, Terry. Sempre uguale. - Ha detto "Big", servendo il suo amico, seduto su un divano. --- Ho sentito che ti sei divertito in Italia. Sono buoni?

-- Gli italiani entrarono in guerra dalla nostra parte, che era già una grande cosa. Stanno sparando agli austriaci, non a noi. Facciamo un passo alla volta.

-- Hai perfettamente ragione. Tu e i ragazzi avete fatto un ottimo lavoro. Congratulazioni.

Terry Audrey sorrise. Era la spia del cinema stereotipato: alto, forte, elegante e bravo a combattere. Agente sul campo per l'MI6, ha viaggiato per il mondo sotto le spoglie di un venditore per un'azienda americana. Un po' antiquato per gli standard moderni, ma negli anni '10 personificava il sogno del tipico cittadino americano della classe media. Ha viaggiato in seconda classe, su navi di lusso, ha soggiornato in hotel di lusso, ma nelle stanze più economiche.

Il tipo che ispirava fiducia, ea cui la gente raccontava segreti, nelle conversazioni da taverna.

Era amico di "Big Ben" Kostler da molti anni e insieme hanno vissuto molte avventure divertenti.

Ma Terry Audrey non sembrava avere niente di divertente da dire. Sembrava preoccupato, osservando Kostler da vicino, come se fosse portatore di cattive notizie.

-- Sembra che tu ti stia divertendo anche qui ad Amsterdam, Big.

Kostler sorrise. L'allarme attacco nemico era già suonato non appena il segretaria aveva annunciato il visitatore. Terry non era il tipo da pagare chiamate di cortesia.

-- Amsterdam è una città molto bella. E il quartiere a luci rosse è molto divertente. Dovresti incontrarlo.

-- Sei sempre lo stesso, Big. Donne, sempre donne.

I due risero. Kostler fissò il suo collega.

-- Cosa ti ha portato qui, esattamente, Terry?

-- Ho sentito che te la cavi abbastanza bene con le donne di Amsterdam, Big. Più precisamente, con tre dipendenti di una certa profumeria.

I due risero. Terry Audrey era venuto ad Amsterdam per loro! Come viaggiano le notizie!

Kostler fece un respiro profondo e si appoggiò allo schienale della sedia dietro la scrivania.

--- "Maison Arkonak Rhugen, Profumi Pregiati, per Signore e Signori". Non sapevo che fossi così interessato ai profumi, Terry.

--- Neanche io. Finché non andò a Londra e parlò con il "Vecchio". Cosa sai di queste persone, Big?

"Il Vecchio". Così gli agenti si riferivano a Mansfield Cumming, Direttore Generale dell'MI6. In sua assenza, ovviamente. Tutti amavano, odiavano e avevano paura di Cumming. Il "Vecchio" era una roulette russa.

--- Tutto quello che so, l'ho scritto nella relazione. Hai letto il mio rapporto e hai scoperto che sono persone, quindi sei più informato di me. Non sono ancora riuscito a farmi un'opinione in merito.

--- Il "Vecchio" mi ha mostrato il suo rapporto. E le indagini che aveva fatto. Ti ho portato una copia di tutto.

Audrey si alzò dal divano, andò alla scrivania di "Big" e aprì la cartella del suo venditore. Posò una pila di fogli sulla scrivania di Kostler. In copertina un francobollo di "Riservato".

Era molto simile al "Vecchio". Un subordinato potrebbe riempire il tavolo di carte o licenziarlo al telefono.

--- Ho sempre pensato che tu portassi solo birra in valigia, Terry.

Terry Audrey andò alla finestra. Avevo bisogno di respirare aria fresca. La vista sul fiume Amstel era bellissima.

--- Il "Vecchio" ha letto tutte queste scartoffie e si è depresso, Big. Mansfield depresso. Riesci a immaginare il "Vecchio" depresso? Vuole che tu vegli su questi profumieri.

--- Leggerò tutte queste scartoffie con molta attenzione, Terry. Ma, in breve, cosa rendeva depresso il "Vecchio"? E anche tu sembri depresso. Allora, comincio a preoccuparmi. Cosa hanno trovato?

Audrey si voltò verso Kostler, con le spalle alla finestra.

--- Il "Vecchio" ha fatto indagare i suoi amici profumieri. Non mi aspettavo di trovare molto. Ma dal momento che lei ha detto che il Commissario era sospettoso nei loro confronti, volevo dare un'occhiata anch'io. È iniziato con il più semplice. I due impiegati, provenienti dalla Colonia del Capo e dal Canada, figlie di ufficiali inglesi. Ci sono copie dei file dei loro genitori, che il "Vecchio" gli ha inviato.

Kostler guardò i giornali. Due pile di banconote, con i fascicoli di due ufficiali inglesi. A prima vista, esemplari.

--- È tutto lì. Tenente John Dalshin, Fanteria. Capitano John Falsburg, Quartiermastro. Si sono sposati nella Colonia del Capo, con due figlie di contadini. E ogni coppia aveva una figlia unica, rispettivamente di nome Jill e Kelly. Sono stati trasferiti in Canada allo stesso tempo. Rimasero vedove allo stesso tempo. E sono morti nello stesso momento. Il duo John-John era identico in tutto, anche nei nomi. Poi si è accesa la spia.

--- Troppe coincidenze. Storie inventate. – Dedotto Kostler.

--- Ma è stato un ottimo lavoro. Battaglioni, trasferimenti, posizioni delle unità, promozioni, rapporti, tutto a posto. I timbri dei reparti, le firme dei responsabili, tutto perfetto! Chi l'ha fatto conosce molto bene la burocrazia interna del Ministero della Guerra, e da almeno 30 anni segue ogni movimento delle nostre truppe. Il duo John-John era quasi perfetto.

--- Questo è il problema con i piani quasi perfetti. È "quasi".

--- Il "Vecchio" ha visto questo mucchio di coincidenze e ha deciso di ribaltare la situazione. impazzito. Lui aveva uno scatto pazzesco. Ha chiamato la nostra gente, all'Ambasciata in Brasile, a Rio di Janeiro. E mandò a indagare sulla sua amica Sabrina.

Il "Big Ben" ha mascherato bene il trambusto. Non volevo mostrare alcun interesse particolare. Ma rovistò tra i giornali con più attenzione. Trovò due fogli di carta dattiloscritta. In netto contrasto con le enormi chips dei John-Johns.

--- Solo quello? – Grande chiesto, non capendo.

Terry Andrey fissò Big.

--- Il Governo Brasiliano quasi non sa nemmeno dell'esistenza di questa ragazza, ma non è stato difficile scoprirla. Una bella ragazza, che parla tedesco a Rio de Janeiro, finisce per attirare l'attenzione. Ha venduto dolci porta a porta e ha viaggiato qui a bordo della nave "Coburg". Abbiamo trovato la tomba di sua madre.Abbiamo trovato la pensione dove vivevano e abbiamo parlato con il vicina. La donna ha raccontato tutto.

Terry si aggirava per l'ufficio, osservando i quadri alle pareti.

--- Madre e figlia sono fuggite dal Rio Grande do Sul su un carro, dopo che la loro casa ha preso fuoco. La madre sapeva che era stata la figlia e temeva che la figlia venisse arrestata. Ecco perché ha lottato così duramente per far uscire Sabrina dal Brasile. Quando arrivò a Rio de Janeiro, la Sig. Helberg ha scoperto di avere il cancro. Stavo correndo contro il tempo. Lavorava come una matta, si prostituiva con un avvocato, piangeva di nascosto, di notte, perché sua figlia non se ne accorgesse.

Terry tornò alla finestra. Era visibilmente commosso.

--- È quello che fanno le persone in carne e ossa, "Big". Scappa, menti, nasconditi, piangi in segreto. Non lo trovi nel raccoglitore del Governo. Questo viene scoperto parlando con il vicina di pensione.

Terry ha riempito il suo whisky.

--- Questo è stato l'errore del duo John-John. Ci sono due "Alberi di Natale", belli da vedere, ma fatti per essere dimenticati, in fondo all'archivio. Due ufficiali di medio livello, nessun grande comando, nessuna grande azione. Niente che abbia attirato l'attenzione. Fatti su misura per essere visti e ignorati. Il loro grande errore è stato dover essere paragonati alle persone reali. Poi il "Vecchio" è impazzito.

--- Che fine ha fatto il "Vecchio"?

--- Mandò a chiamare i veterani di quei battaglioni. Quale soldato non ricorda il suo capitano e il suo luogotenente? Volevo sapere della loro vita privata. Hanno bevuto molto? Hanno giocato a carte? Avevano amanti nel bordello? Questi uomini avrebbero passato decenni della loro vita nelle nostre baracche, sotto il nostro tetto. Dovremmo sapere tutto sui tuoi vizi e stranezze. Risse da bar, scommesse sui soldi, bevute nei giorni del tuo matrimonio, qualunque cosa.

--- E' il risultato?

--- Qualsiasi cosa. Nessun veterano ha mai sentito parlare di nessuno dei John-John. Lo sapevi che a Mansfield piacciono le storie per bambini? Sua madre gli leggeva storie quando era bambino. Mansfield era una volta un bambino! Ci credi? Il suo preferito è 'Biancaneve e i Sette Nani". L'ho saputo solo durante il nostro ultimo incontro.

--- Davvero, Terry? Allora gli piaceranno i profumieri. Hanno un nano lì. Il Professor Kracory, specialista in Arti.

---- Solo "Vecchio" ama di più la Strega. È più come lui. Avresti dovuto vederlo, Big. Il "Vecchio" lesse i rapporti dei John-John e si fermò davanti a uno specchio fuori dal suo ufficio. Aprì le braccia, come se stesse per volare. Giuro che ero terrorizzato.

Mentre parlava, Terry era di fronte alla finestra, le braccia tese, imitando Mansfield.

---Poi chiese allo specchio, con voce molto profonda: "Specchio, il mio specchio! C'è uno Maestro Spie più intelligente di me? Qualcuno è in grado di piantare questi due "Alberi di Natale", pieni di ornamenti, al War Office di Londra? Qualcuno sarebbe in grado di fare una cosa del genere, coprire due commessi,in un negozio ad Amsterdam? E se qualcuno potesse farlo per due subalterni, immagina cosa non farebbero per creare un Comandante della Marina Americana, una Contessa, membro della Nobiltà Russa, un Detective cieco del NYPD e un nano Professore di Arti in Svizzera? Specchio, il mio specchio! C'è un'altra spia più pazza di me?"

Terry si fermò a fissare Big e aggiunse:

--- Sai cosa ha risposto il suo specchio? "Sisssss!" Ecco perché Mansfield è depresso, Big. Il "Vecchio" è molto sensibile.

"Big Ben" Kostler non riusciva a smettere di ridere per la performance del suo amico.

--- Terry, Terry, hai mai pensato di unirti al Teatro?

Risero insieme, come ai vecchi tempi del binge drinking omerico.

Poi ci fu silenzio. Entrambi ridimensionano la gravità della situazione.

Il War Office di Londra era uno dei luoghi meglio sorvegliati al mondo. Da lì fu comandato un esercito, i cui soldati difesero il più grande impero che il mondo abbia mai visto. L'Impero Britannico, dove il sole non tramonta mai.

Chiunque fosse riuscito a entrare e a piantare due "Alberi di Natale",gergo per documenti falsi, potrebbe essere capace di tutto.

E il fatto che lo avesse fatto per proteggere due – apparentemente – semplici impiegati, rendeva la situazione ancora più spaventosa. Cos'altro potrei fare,per coprire gli altri?

--- Cosa vuole che Mansfield facciamo? – Chiesto "Big Ben".

--- Dovresti tenere d'occhio i profumieri.Chiedi alle ragazze di uscire e mostra loro delle foto. Vedi se riconoscono i propri genitori, le proprie case, cose del genere. Mescola le foto e vedi se confondono i John-John.

--- Non riconoscere la foto del proprio padre sarebbe strano. Ma abbiamo un problema. Ufficialmente, sono solo un addetto dell'ambasciata. Non avrebbe potuto accedere al materiale dell'MI6 a meno che non fosse una spia.

--- E persino. Saresti deportato. Mansfield impazzì così tanto che non ci pensò nemmeno.

--- Posso tenerli d'occhio. Ma se mostrassi delle foto, dovrei spiegare come le ho ottenute. Il Commissario Hinca sa che sono una spia. Dato che siamo amici, chiude un occhio. Ma se esco dalla riga, non mi coprirà. Tra la nostra amicizia e il suo dovere di poliziotto, la sua scelta è facile. Non posso metterti in imbarazzo.

--- Mansfield ha già chiamato la nostra gente. In America,Russia e Svizzera.Dovremmo avere presto notizie.

--- Per parlare con Jill e Kelly, dovremo aspettare qualche giorno. La gente usciva per visitare un produttore di profumi.Rimasero solo Sabrina e Chayse, il detective cieco. Gli altri presero una nave per Göteborg, in Svezia. Da lì, prendi un treno per Stoccolma. E un'altra nave, per San Pietroburgo, da lì, una barca che scende dal fiume Dnepr, fino a Kiiv.

Terry rise.

--- Sanno che sei un agente inglese, Big?

--- Quasi certamente è così.

--- Non hai trovato strano che ti abbiano dato il loro intero itinerario di viaggio? Potrest mettere in guardia gli svedesi oi russi.

Kostler annuì in accordo:

--- È una mela avvelenata. Avrei preferito non saperlo. Se avverto qualcuno, dovrò rivelare che sono una spia e sarò deportato dall'Olanda. Se non avverti nessuno, diventerò loro complice se verranno scoperti in futuro. Mi hanno visto avvicinarmi a Sabrina e mi vogliono nelle loro mani.

--- Per accusarli di spionaggio, dobbiamo prima sapere per chi lavorano. Qualche idea su chi ha mandato queste persone? I tedeschi? Il francese? Russi, Austriaci...

--- Non ne ho idea. Sto solo chiedendo allo "specchio, specchio" di Mansfield.

--- Per quanto tempo pensano di essere via? – Chiese Audrey.

--- Aspettatevi di tornare in una settimana. È un viaggio complicato in tempo di guerra. A cosa stai pensando, Terry?

--- Meno sai, meglio è, Big. Prenditi cura della tua amica Sabrina.

XXXXXXXXXXXXXXXXXXXXXXXXXXXXXXXXXXXXXXXXXXXXXXXXXXX

--- Sei sicuro che verremo aggrediti? - Chiese Sabrina, tendendo un'altra trappola.

--- Assolutamente sicuro. - Rispose Chayse, aprendo un'altra scatola.

--- E come puoi essere sicuro che sarà stasera?

--- Per la finestra temporale abbiamo dato a Kostler una settimana Se avessero attaccato ieri, la prima notte, sarebbe stato abbastanza ovvio. Ma oggi, nella seconda notte, gli invasori potranno dire di aver osservato il movimento del negozio per due giorni. Videro una bellissima profumeria, con solo un vecchio cieco e una donna. Il sogno di ogni ladro.

--- Ma abbiamo chiuso il negozio e abbiamo affisso un cartello "Chiuso per saldo".

--- Per evitare che veri delinquenti vengano a trovarci. Solo Kostler sa che gli altri non sono qui.

--- Se so che "Big" ha in mente qualcosa...

Chaise rise.

--- Oh, no. Farà solo rapporto ai suoi capi dell'MI6. I tuoi amici prepareranno la falsa rapina. Sarà l'ultimo a saperlo. Il fatto che sia coinvolto con te non ti rende nemmeno più affidabile nei loro confronti.

--- Ma non sembrerà strano? Se si trattava di un viaggio d'affari, i proprietari dovrebbero andarci. Forse Kracory, per vedere le etichette. Ma prendere i due impiegati, non lo sospetta il Commissario Hinca?

Chayse allargò il sorriso.

--- E' stata una precauzione della Contessa farli uscire di qui. Erano molto esposti. Le loro presunte storie terrestri, figlie di ufficiali inglesi, erano le più facili da rovesciare. Invece di fingere una rapina, per entrare in profumeria, potrebbero rapire i due per strada. Potrebbero torturarli e persino ucciderli, per scoprire per chi lavoriamo. Qui almeno, quando verranno a cercare un trasmettitore radio, saremo nel nostro territorio.

Chayse si sedette sulla sua sedia preferita.

--- Ti svelo un segreto, Sabrina. La nostra missione è stata un disastro di pianificazione fin dall'inizio.

--- E persino? Come ho fatto a non notarlo prima? – Il brasiliano rise, beffardo.

--- Ti saresti divertito molto con il nostro piano originale. Voleremmo sopra Londra, se il comandante scegliesse l'Inghilterra, lanceremmo 3500 robot robot attraverso la città e chiederemmo che l'antidoto ci fosse consegnato. Così semplice. Per migliorare il piano,

avevamo ancora un chimico corrotto, che voleva rilasciare gas velenosi sulla città.
--- Robot Android. Una volta ho visto qualcosa di simile. Era fuori da un negozio di giocattoli. Un ragazzo vestito con un abito di latta attirerebbe i bambini. Ma era un attore disoccupato, guadagnava uno scellino al giorno.
--- I nostri sono reali. Sono macchine a forma umana, testa, braccia e gambe. Sono controllati da onde radio di un tipo speciale.
--- Se sono solo macchine, perché la forma umana?
--- Per facilitare la comunicazione con gli esseri umani. Per capire cosa significa "prendere", ha bisogno di avere le mani. Per "camminare" deve avere gambe e piedi, e così via.
        Sabrina ci pensò un momento.
--- I bambini non avevano paura dell'Uomo di Latta al negozio di giocattoli. Anzi. I bambini lo deridevano, lo afferravano... era uno scellino vinto eroicamente.
        I due risero e Sabrina aggiunse:
--- Se gli inglesi si fossero comportati da bambini e avessero massacrato i loro androidi, avresti potuto essere linciato dalla gente di Londra.
--- Era "caldo", Sabrina. "Bollito" completamente. - Detto Chayse, ricordando il gioco preferito della ragazza, cercando di indovinare le cose. Se fosse vicino, sarebbe "Caldo". Se fosse lontano, sarebbe "Freddo". --- Ma non avevamo molte scelte, la nostra unica opzione era cambiare le coordinate del luogo di atterraggio e tuffarci sul fondo del Mare del Nord.
--- Unica opzione? E se fossero andati in un luogo remoto, nell'area rurale?
--- I portelli di Arkonak si sbloccherebbero automaticamente. Gli androidi sarebbero sbarcati dalla nave e...
--- ... e inizia una caccia alla volpe nelle fattorie inglesi. E avrebbero dovuto nascondere una nave di 171 metri. Sarebbe difficile trovare fienili di quelle dimensioni. Sì, immagino che non saresti stato invitato al tè delle 5. Invece, se la navicella spaziale andasse in fondo al mare...
--- La pressione dell'acqua impedirebbe lo sblocco delle porte. E i robot rimarrebbero al loro posto.
--- Come sei stato coinvolto in una missione del genere, Chayse? Come si pianifica una missione del genere? Invadere una città, schiavizzare milioni di persone ed esigere cose? E non c'è nemmeno bisogno di essere un genio militare per rendersi conto che non sei il gruppo più appropriato per invadere le città. Come mai qualcuno pensava che un piano del genere potesse funzionare?
        Chaise sorrise.
--- Hai concluso tutto questo, proprio perché non ti sei proclamato "genio militare". Non è accecato dall'orgoglio, dall'arroganza, dall'ambizione. Non è abbagliata da un falso senso di potere. Non pensi che tutti i tuoi piani siano infallibili, solo perché gli altri sono spazzatura e tu sei la Signora della Verità. Come si può ordinare ai ciechi, ai nani, alle donne e alle macchine di schiavizzare moltitudini?
        Chayse pensò:
--- La risposta è semplice. Rinchiuditi in un armadietto di lusso, dipinto d'oro, circondato da sicofanti, e perdi di vista la realtà, disprezza tutto ciò che è diverso da te o dai tuoi desideri. Ecco la ricetta per un piano infallibile. Invia una squadra spazzatura per conquistare un pianeta spazzatura. Il piano sembra perfetto, perché la spazzatura finirà per andare d'accordo con la spazzatura e alla fine finirai per ottenere tutto ciò che desideri. Perché pensi di essere un "genio".

-- Tu, dal Futuro dell'Universo, non hai cambiato nulla. Hanno appena cambiato indirizzo e il foglio sul muro.

-- Oh, cambiamo, sì. Inventiamo più aggeggi per fare cose stupide.

-- Ora sì, ho capito. Sei stato mandato in missione suicida perché eri sacrificabile.Siete venuti perché siete degli idealisti e sapete che l'antidoto è fondamentale. Ma chi li ha inviati ha pensato che i gas velenosi non fossero così gravi. Ti hanno mandato solo per sembrare dei benefattori. Era solo una campagna di propaganda.

-- Esattamente.

-- Se tu avessi tentato di dominare la città, e fossi morto,l'incompetenza sarebbe stata tua. Ma hai interrotto la missione, sei sopravvissuto e hai denunciato i pianificatori. Adesso devono salvarti, mantenere le apparenze, se non torni sarà uno scandalo politico.

-- Ho già visto che tu, nel 1915, sapevi già tutto sui politici della Federazione intergalattica.

-- Ho imparato tutto dai consiglieri e dal sindaco dell'interno del Brasile. Un branco di truffatori e ingannatori. Ok, ho finito le trappole.

-- Grande. Ora, aspettiamo i nostri visitatori notturni. - Detto Chayse alzandosi dalla sedia.

XXXXXXXXXXXXXXXXXXXXXXXXXXXXXXXXXXXXXXXXXXXXX

Erano circa le 2 del mattino quando qualcuno iniziò a forzare la serratura della porta della Maison Arkonak.

La serratura cedette, dopo pochi movimenti precisi, e gli invasori entrarono in profumeria.

Circa mezz'ora dopo, squillò il telefono di casa di Hubert Hinca. Veniva dal Quartier Generale.

-- Commissario, - ha detto il guardiano, --- hanno provato di invadere la profumeria, proprio ora. L'hai mandato ad avvertirlo, di qualcosa di strano lì.

-- Circonda il luogo. Non fare niente prima del mio arrivo. Sto andando dritto lì. – Ha risposto il Commissario, saltando giù dal letto e vestendosi il più velocemente possibile.

-- È successo qualcosa? – Chiese la moglie assonnata.

-- Hanno provato di irrompere nella Maison Arkonak. - Lui ha risposto.

-- Ah, i profumieri. - Detto la donna, tornando a dormire.

-- Quello che mi preoccupa è il verbo "provate".

Hinca ha richiesto un'auto, parcheggiata in strada, e un'ora dopo era al N. 469 di Herengracht, sul marciapiede della Maison Arkonak Rhugen.

C'era un gruppo di circa 20 curiosi, alla porta della profumeria, a cui un poliziotto ha impedito di avvicinarsi. La maggior parte erano vicini di casa, svegliati in quelle prime ore dalle grida di aiuto.

Il Commissario si è fatto largo tra la folla fino all'ingresso della Maison.

E vide la scena più bizzarra a cui avesse mai assistito.

Tre uomini incappucciati, vestiti di nero e guanti,erano sdraiati sul pavimento. Coperto di polvere bianca... e ragni!

Hinca fece un respiro profondo. Perché non poteva essere sorpreso?

-- Mico polvere e ragni. Tutto il corpo brucia e prude. Ma se si muovono, i ragni mordono. C'era solo una soluzione: gridare aiuto e chiedere aiuto alla polizia.

Un poliziotto si è mosso per aiutare i tre uomini. Hinca lo fermò.

--- No, non ancora. In 30 anni con la polizia, è la prima volta che vengo chiamato ad aiutare i criminali. Lasciali così come sono. Stiamo ancora valutando la situazione. Non possiamo alterare la scena del crimine. E sembrano andare d'accordo con i loro nuovi amici. E non sono una specie velenosa.Se lo fossero,questi ragazzi sarebbero già mort

I tre invasori avevano smesso di urlare. I movimenti delle labbra avevano avvicinato i ragni alle loro bocche.

Vicino agli invasori c'erano due cassette degli attrezzi. Il Commissario ha aperto entrambi. Il contenuto lo ha sbalordito.

Il rumore del bastone di Chayse dalle scale annunciò che stava scendendo, accompagnato da Sabrina.

Il Commissario Hinca sorrise.

--- Ah, il mio vecchio amico Chayse, il più famoso manager di profumeria di Amsterdam. E una dei tuoi allievi.

--- Abbiamo i migliori profumi sul mercato.

--- Non hai sentito alcun rumore? Questi uomini sono qui, urlando, da quasi due ore.

--- Abbiamo lavorato fino a notte fonda, Commissario. Siamo in ritardo per dormire, abbiamo anche sentito dei rumori,ma pensavamo fosse per strada o nei vicini. Cosa st succedendo?

Hinca ha sentito l'arrivo dell'auto della polizia in strada.Si è rivolto alla polizia

--- Basta. Ora possono raccogliere questi soggetti. So che è stato amore a prima vista Ma il Sig.Chayse sono ragazze di famiglia.Non vogliamo che abbiano un brutto colpo.

--- È molto gentile da parte sua, Commissario. – Chaise sorrise.

--- Prima di chiedere,sono una specie non velenosa.Sono usati per impollinare le piant nelle regioni tropicali. Portano il polline sui loro piedi.

--- L'avevo già notato. Il tuo lavoro non è un omicidio. Se lo fosse, avresti potuto sparare a questi ragazzi a bruciapelo. Sarebbe autodifesa. Li hai appena immobilizzati così potessimo prenderli. Vogliono dissuadere ulteriori tentativi, il che significa che li aspettano. Interessante.

Hinca si rivolse ai tre uomini, ammanettati e dimenati nella polvere di tamarindo, diretti all'auto di pattuglia.

--- Hai appena visto questo? Hanno tenuto una lezione di botanica e buone maniere qu in Olanda.Puoi inserirlo nel tuo rapporto.E dì ai tuoi capi che aspetteremo il tuo ritorno

Il Commissario Hinca era particolarmente irritato. Non gli piaceva l'idea di essere trascinato fuori dal letto nel cuore della notte per aiutare i cattivi in difficoltà.

--- Questi ragazzi dovranno fare una doccia fredda, con uno straccio spesso, prima di poter dare la loro testimonianza. Ma dov'ero,davvero? Oh,Signor Chayse.Vuoi sporger denuncia formale, per violazione di domicilio?

--- Non c'è alcuna necessità. Non hanno preso niente.

Hinca sorrise.

--- Come puoi saperlo? Non stavi dormendo? Non hai bisogno di ispezionare il negozio

Sabrina è intervenuta.

--- È stata la prima domanda che mi ha fatto, appena ha aperto gli occhi. ti ho rispost che ho chiuso a chiave tutta la nostra merce nel magazzino. Sig. Chayse mi crede sull parola. Ma se notiamo che manca qualcosa, possiamo presentare un reclamo in un secondo momento.

--- Lei è un'impiegata formidabile, Miss Sabrina. Nessuna lamentela, nessun caso.

Il Commissario tirò fuori di tasca il suo taccuino.Assunse l'atteggiamento di u burocrate burocrate. Conoscevo un impiegato come quello, un tipo detestabile.

--- Tuttavia, fermerò questi ragazzi. "Order Disorder", per svegliare il quartiere nel cuore della notte. E dal momento che fanno pose oscene in pubblico, li accuso anche di 'Attacco Indecente". Possiamo solo indagare sul sospetto che siano accidentalmente rotolati nella polvere di tamarindo nel tardo pomeriggio di domani. Pertanto, dovrò prendere le dichiarazioni di voi due, come gente del posto.
--- È sempre un piacere collaborare con la Polizia, Commissario. - Detto Chayse, sorridendo molto alla malvagità di Hinca.
--- Ottimo. Iniziamo. Basandomi sull'osservazione del sito, vedo che i soggetti hanno rotto la serratura della porta del negozio ed sono entrati. Mentre spostavano la porta, una scatola di polvere pruriginosa, che era sopra la porta, è stata scaricata sopra di loro. Perché hanno messo la polvere sopra la porta? Si aspettavano di essere invasi?
--- Un vecchio cieco, una donna e una profumeria. Siamo facili prede. Era solo una misura di sicurezza.
--- Capisco. Poi i soggetti hanno cominciato a contorcersi per il prurito, e inciampò in uno spago, disteso in mezzo al negozio. Detto questo, si sdraiarono a terra e un'altra scatola, con i ragni, cadde su di loro. Dato che tutto questo è accaduto nell'oscurità, deve essere stato piuttosto spaventoso. Non vedevano niente, sentivano solo le zampe che camminavano su di loro. Ha imparato le tecniche di tortura al NYPD, il Sig. Chayse?
        Sabrina è intervenuta.
--- È stata colpa mia. Ho lasciato i ragni nella scatola qui al negozio per pulire la loro cameretta in laboratorio. Poi ho finito per dimenticarmi di riprenderli.È stata una svista.
        Hinca ha fatto uno sforzo enorme per non ridere. La Famiglia Arkonak è stata fantastica!
--- Dove sono gli altri?
--- Siamo andati in viaggio d'affari.
--- Sono andati anche i due impiegati? Partecipano al negoziati?
--- Questo è un nuovo fornitore.La Contessa si fida molto delle loro opinioni.Sono quelli che servono direttamente i clienti e conoscono i loro gusti.
--- Molto democratico. Qualcun altro sapeva che saresti stato solo qui?
--- Penso di aver accidentalmente lasciato un commento nella caffetteria. Qualcuno potrebbe aver sentito. - Detto Sabrina.
--- Ti ricordi qualcuno in particolare che era alla mensa?
--- Nessuno in particolare.
        Il Commissario guardò Sabrina con un'espressione divertita. Hinca sapeva della sua relazione con Kostler, l'Agente Residente dell'MI6 ad Amsterdam.Sicuramente era lui quello della mensa, e aveva conosciuto il momento giusto per l'irruzione.
        Una cosa doveva riconoscere. Gli Arkonak erano davvero imparziali. Avevano appena protetto un agente tedesco e ora stavano proteggendo un agente britannico. Se rimanessero così neutrali, potrebbero richiedere la cittadinanza olandese.
--- Ora, agli invasori. Hai idea del perché tre agenti dei servizi segreti inglesi sarebbero interessati alla tua profumeria?
        Il loro stupore sembrava genuino.
--- Agenti inglesi? Ne è sicuro, Commissario?
--- Sono le nostre vecchie conoscenze. Entrano nei Paesi Bassi, clandestinamente, usando documenti falsi. Fanno un po' di lavoro sporco e se ne vanno. Se catturati, vengono deportati in Inghilterra. Dopo qualche tempo, tornano di nuovo. L'Inghilterra dice che sono solo banditi comuni e nega qualsiasi connessione con loro. Ma il loro compito non è quello di compromettere i travestimenti degli agenti locali. Li

interrogheremo, ma non conoscono nessuno e nessuno li conosce. State tranquilli, Signorina Sabrina. Non denunceranno il tuo amico, Mr. Kostler.

Sabrina fece una faccia stupita.

--- Pensi che il Sig.Kostler c'entra qualcosa?Sapeva che sarei stato qui e avrei mandato questi uomini ad attaccarci?

--- No. Penso che siano venuti a cercare un trasmettitore radio. Le loro cassette degli attrezzi avevano apparecchiature di decodifica radio, per violare le frequenze radio, e uno degli uomini è un operatore radio.Penso che volessero sapere chi sono i tuoi amici. Poi avrebbero rubato qualcosa per farla sembrare una rapina. Molte domande sono: perché l'MI6 dovrebbe inviare tre agenti dall'Inghilterra, per scoprire i contatti di una profumeria?

Chayse batté il bastone sul pavimento.

--- Commissario Hinca, come faccio a sapere cosa sta succedendo nella mente dei servizi segreti inglesi?

XXXXXXXXXXXXXXXXXXXXXXXXXXXXXXXXXXXXXXXXX

Appena arrivato all'Ambasciata Britannica, "Big" Kostler ha ricevuto una telefonata da Terry Audrey.

Terry ha riassunto la situazione in una sola frase.

--- Il "Vecchio" è depresso, Big. E ti deprimerai ancora di più.

Capitolo 3

Kiiv Pechersk Lavra

"Io sono l'anima di tuo padre,
Per un certo tempo, condannato a vagare nella notte".

Geremia, dall'opera teatrale Amleto di William Shakespeare.

--- Eccoci finalmente! – Detto Rodolfo Azteca. – Queste sono le coordinate che mi hai dato.
--- Che cosa, esattamente, siamo venuti qui a cercare, Professor Kracory? – Chiese Sonja sospettosa.
Kracory era affascinato dal paesaggio. Farebbe una bella foto.
--- Signore e Signori, voglio presentarvi il Monastero di Kiiv Pechersk Lavra.Lavra è un titolo onorifico, riconoscendo la sua importanza per l'intera regione di Kiiv. Fu fondata nel 1051 da Santo Antônio Eremita. Raggiunse il suo apice prima del 1786. A quel tempo, il Monastero di Pechersk controllava 3 città, 7 paesi,200 villaggi e aveva 70.000 servi. Aveva 11 ceramiche, 6 fonderie, 150 distillerie, 150 mulini e 200 taverne. Nel 1786 il Governo Russo secolarizzò le proprietà e prese il controllo del Monastero.
--- Non era per meno. Era uno Stato, dentro uno Stato.
--- Al di sotto di essa si trovano ancora più di 800 metri di grotte, tra i 5 ei 15 metri di profondità. Come siamo nel 1915, all'interno troveremo più di 1000 monaci. E centinaia di migliaia di pellegrini, venuti a vedere le reliquie di innumerevoli santi che sono passati di qui, in più di 900 anni.
Rodolfo guardò negli occhi Sonja, Kelly, Jill e Kracory, uno per uno.
--- Conoscere il futuro non aiuta a nascondere le emozioni. Tra due anni, quando arriveranno i Bolscevichi, le cose si faranno difficili per queste persone. Quindi, evita di guardarli negli occhi o di mostrare alcun coinvolgimento. Poiché tutti qui hanno motivi tristi, non attiriamo troppa attenzione.
--- Ma il nostro Professore preferito non ha ancora risposto alla mia domanda. – insistette la Contessa. --- Cosa stiamo cercando?
Il piccolo nano la guardò.
--- Nel 1453 Costantinopoli fu circondata dai Turchi. La sua caduta era imminente.C'era una famiglia, di origine scandinava, stabilita in città da secoli. Era una famiglia molto ricca, con una lunga tradizione in profumeria. Il capofamiglia, Bergsson, fu uno dei più grandi profumieri del Medioevo. Molto colto e ricco, aveva un'immensa biblioteca.
--- Sapere. Solo noi siamo venuti a Kiiv. – Detto Sonja.
--- Ci arriverò. Bergsson è riuscito a sfuggire all'assedio della città durante la notte, travestito da turco e utilizzando una piccola barca turca a una vela. All'inizio pensavo fosse andato a Venezia. Ma in seguito mi sono reso conto che sarebbe stato troppo rischioso attraversare l'intero Mar Egeo. L'imperatore di Bisanzio aveva chiesto aiuto all'Europa e una flotta cristiana poteva arrivare da un momento all'altro. Tutta la sorveglianza turca sarebbe concentrata nell'Egeo.
--- Sapere.
--- Mi sono ricordato che la tua famiglia era scandinava. Ho considerato la possibilità che se ne fosse andato a Est, e ho finito per trovare il nome Aksu. Il Riume Aksu era l'antico nome del Fiume Dnepr a quel tempo.

--- Beh, supponendo che questo Bergsson fosse salito in barca sul Dnepr e fosse arrivato qui, che succede?

--- La Famiglia Bergsson è stata fondata a Costantinopoli per diverse generazioni. Erano i Re della Profumeria! E l'Impero Bizantino aveva controllato l'intera Costa del Nord Africa, da Gibilterra all'Arabia. E aveva scambi con la Cina e l'India. Alcuni resoconti affermano che la collezione di libri e papiri della famiglia Bergsson, oltre alla sua ricchezza, fosse sorprendente per l'epoca.

--- E pensi che sia scappato da Costantinopoli, portando tutto questo a Kiiv? Correre sotto copertura nel cuore della notte? E probabilmente più preoccupato di salvare la famiglia?

--- Non dico tutto, ma forse una buona parte. Non è scappato a cavallo, il che sarebbe stato più veloce. Fuggì su una barca, dove poteva trasportare più peso. Certamente aveva amici turchi e denaro per corromperli. Essendo di origine vichinga, conosceva il percorso lungo il Fiume Dnepr e doveva aver avuto amici a Kiiv.

--- I re cristiani dell'Europa Occidentale erano in guerra tra loro.Nessuno venne in aiuto dell'Impero Bizantino.

--- Ma i turchi non potevano esserne sicuri. Dovrebbero rimanere vigili e concentrare la loro flotta nel Mar Egeo, in attesa di un possibile attacco.

--- Lasciando Costantinopoli, il Mar Nero sarebbe incustodito. E una barca turca passerebbe senza attirare molta attenzione. Sarebbe un buon piano. - Detto Roy.

--- Lo chiederò di nuovo. - Detto Sonja, quasi perdendo la pazienza. ---- Cosa stiamo cercando qui?

--- Tutto ciò che ci porta a Bergsson.

La Contessa fece uno sforzo enorme per non esplodere.

--- Come questo? "Qualcosa da Bergsson"? Qualcosa da un fuggitivo di 500 anni fa? Non hai detto che questo Monastero controllava città, paesi, 200 villaggi e centinaia di fabbriche e taverne? E che aveva i soldi per corrompere i funzionari turchi? Quanto ti costerebbero alcuni dei 70.000 servitori?

Il piccolo nano la guardò di nuovo. In effetti, i due si stavano fissando.

--- Beh, ti dico che Bergsson era un profumiere molto colto e molto ricco. Era quasi certamente il più grande conoscitore di profumi del suo tempo. Aveva abbastanza cultura e denaro per comprare tutte le formule ei trattati del suo tempo. E ti dico che quando è arrivato qui era già vecchio. Che aveva appena perso la sua casa,i suoi affari, le proprietà, praticamente tutto. Solo ciò che era rimasto su quella barca. Finora, Bergsson era sfuggito ai turchi su una barca turca. Ma se avesse continuato a risalire il fiume avrebbe trovato tribù slave su entrambe le sponde del fiume. Gente selvaggia, armata di frecce incendiarie e a cui non piacevano le navi turche. Le sue possibilità stavano diminuendo. Questa è la domanda. Avrebbe potuto abbandonare la barca turca e fuggire via terra, o su un'altra barca. A meno che avesse a bordo un carico pesante e prezioso. E in tal caso, un monastero cristiano, pieno di grotte, potrebbe venire in un buon momento. Se non vuoi dare un'occhiata a Pechersk, ho un'altra opzione. Ma ti piacerà ancora meno.

Sonja sorrise. Amava il coraggio del piccolo nano. Non potevo proprio mostrarlo.

--- Ho capito. L'altra opzione sarebbe quella di cercare tutti gli amici e conoscenti nell'antico Impero Bizantino, da Gibilterra alla Cina. Non so se le suole delle mie scarpe possono reggere tutto questo. Molto bene, Professor Kracory. Visto che siamo qui, andiamo incontrare Pechersk.

Il Comandante Azteca è intervenuto. Aveva ascoltato ogni parola, analizzato ogni punto.

-- Allora, partiamo da quella teoria. Proviamo a pensare come Bergsson.

Rodolfo studiò la geografia locale. E ha concluso:

-- Il Monastero è su una collina,e nel medioevo questo qui sarebbe stato un boschetto, con pochissime case di servi. Sono Bergsson, ho un carico a bordo e devo portarlo all'interno del Monastero. Un monastero cristiano non negherebbe mai rifugio ai cristiani, in fuga dai turchi.Ancora di più portando libri molto rari e forse dei soldi.Se lui e la sua famiglia fossero arrivati così lontano, sarebbero stati al sicuro. Qui avrebbero tutto l'aiuto di cui avevano bisogno.

-- In tal caso, le opere che è riuscito a portare sarebbero nella Biblioteca del Monastero.

-- Esattamente. Questa è l'Alternativa 1.

-- E l'Alternativa 2?

-- Questo è stato quasi 500 anni fa, e Pechersk ha avuto secoli molto impegnativi. Ha avuto glorie e disgrazie presso le montagne. Senza sminuire il valore dei libri religiosi, ma le formule dei profumi significherebbero soldi. In mezzo a un po' di confusione, qualcuno potrebbe aver rubato i suoi libri dal Monastero.

-- Molte persone sono passate di qui. Alcuni non così devoti.

-- Pensando come un ladro, una possibilità sarebbe quella di prendere i libri dalla biblioteca e nasconderli nelle caverne, sperando di tornare a prenderli più tardi.

-- Se fossi stato il ladro, sarei tornato molto prima di aver compiuto 500 anni.

-- Ma potrebbe aver lasciato tracce.Conservano reliquie nelle caverne.Potrebbe esserci una storia, un'antica leggenda. Un ladro finisce sempre per commettere errori.

-- C'è ancora un'Alternativa 3. - disse Kracory.

-- Quale?

-- Un incendio devastò Pechersk nel 1781.Gran parte delle opere che erano qui furono distrutte.

-- Dio mio! – Detto Kelly, mettendosi il viso tra le mani.

Azteca rifletté sulla situazione.

-- Quindi abbiamo avuto un incendio. Se fossero stati in Biblioteca, potrebbero essere scappati o meno. Questo lo vedremo. Se si trovavano nelle caverne, il fuoco non li aggiungeva. Dividiamoci.

XXXXXXXXXXXXXXXXXXXXXXXXXXXXXXXXXXXXXXXXXX

Una suora, che teneva per mano un bambino, si mescolava alla folla dei pellegrini. Entrarono nella navata della Basilica e osservarono le porte laterali.Ne videro uno semiaperto, che dava su un corridoio.

La fanciulla lasciò andare le mani della suora, e corse via, con il suo passo infantile. La suora gli corse dietro ed entrambi varcarono la porta. Trovarono una scala, che portava al 1° piano.

C'era molto movimento a Pechersk quel giorno. Centinaia di pellegrini occuparono la Basilica e molti volontari e religiosi operarono nei cortili e nei corridoi. Inoltre, al 1° Piano, diverse persone circolavano per i corridoi, parlando con i sacerdoti.

Un cancello a griglia, con catena e lucchetto, sbarrava la scala del 2° Piano, dove si trovava la Biblioteca. Lì, l'accesso era limitato.

Senza difficoltà, la suora si infilò in un paio di pinzette e ruppe la serratura. Inserito velocemente, chiudendosi il cancello alle spalle.

Salirono le scale fino al corridoio del 2° piano. La Biblioteca era lì, chiusa a chiave.

--- Vuoi qualcosa? – Chiese in russo un vecchio Monaco, in piedi nel corridoio.

--- Sono Nun Sonja, del Monastero di San Pietroburgo. Questo bambino è apparso lì, parlando ucraino. Ma non poteva dire chi fossero i suoi genitori. Forse la Biblioteca ha qualche indizio sulla tua famiglia.

Il Monaco guardò dritto in faccia il bambino, la cui testa era coperta da un cappuccio.

--- Puoi smettere di mentire. Sei troppo vecchio e rugoso per passare per un bambino. Hai quasi la mia età.

--- Quindi basta parlare. - Detto Sonja, prendendo una pistola da dentro la tonaca, e puntandola verso il Monaco. ---- Apri subito la porta della Biblioteca.

Il Monaco fece un sorriso ironico, tirò fuori le chiavi dalla tasca e aprì la Biblioteca.

--- Arrivato tardi. I tuoi amici sono già stati qui, usando armi molto più grandi.

--- I nostri amici? – Chiese Kracory entrando, togliendosi il cappuccio dalla testa e chiudendo a chiave la porta.

--- Non c'è bisogno di fingere. In un monastero con tanto oro sparso in giro, chi rapinerebbe una Biblioteca? Solo la Polizia Zarista, del Programma di Russificazione. Cerco libri in ucraino. Non capisco perché usassero dei travestimenti. In genere, punti le pistole e sfonda le porte. È più veloce.

Sonja e Kracory si guardarono. L'inganno si è formato. Ma annullarlo sarebbe troppo pericoloso. Il Monaco potrebbe avvertire davvero la Polizia Zarista. Per inciso, il Monaco stesso potrebbe essere un agente filo-russo, filo-tedesco o filo-separatista. In Ucraina nel 1915 chiunque poteva essere qualsiasi cosa, o più cose, allo stesso tempo.

La Contessa decise di improvvisare.

--- Siamo in una missione speciale. Abbiamo ricevuto informazioni su un complotto per uccidere lo Zar.

--- E i cospiratori sono qui, a Pechesk? Nascondersi qui, in Biblioteca?

--- I cospiratori hanno lasciato un libro segreto qui.

Il Monaco scoppiò a ridere.

--- Vi consiglio di non provare a farvi passare per poliziotti zaristi. Non hai idea di come funzioni OKHRANA. I tuoi travestimenti sono ridicoli.

Il Monaco si alzò e si stirò.

--- Se vuoi uccidermi, spara subito. Chi combatte i veri zaristi non avrà paura di due tirapiedi come te.

--- Siamo così cattivi? – Rise Sonja, sempre con la pistola in mano, indicò il Monaco.

--- Non può immaginare quanto, Signora. Se gli zaristi sospettassero un libro proibito, avrebbero inviato una forza di almeno 10 uomini. Mentre venivo torturato su una sedia i soldati facevano su e giù l'intera Biblioteca. A questo punto, tutti gli scaffali sarebbero stati sul pavimento.

Il Monaco li fissò. Soprattutto Sonja, che le ha puntato la pistola.

--- Parli un po' russo e ucraino. Ma non sono nessuno dei due.E non hanno idea in cosa si stanno cacciando. Conterò fino a "tre", così puoi dirmi chi sei e cosa vuoi. Dopodiché uscirò da quella porta e cercherò dei veri poliziotti russi. Dirò loro che siete agenti tedeschi. Poiché la maggior parte di loro non ha mai visto un tedesco, ci crederanno.

Scommetto che non duri nemmeno due giorni nelle loro segrete.

Il Monaco guardò la pistola.

--- Ah, se vuoi uccidermi alle spalle, sentiti libero. Ho detto le mie preghiere per oggi.

--- Non hai paura di morire? - Chiese Kracory.

Il Monaco guardò il piccolo nano.

--- Davvero, non conosci l'Ucraina. Inizio conteggio: Uno.

Sonja mise via la pistola.

--- Non possiamo dirti chi siamo.

--- Due.

--- Ma possiamo dirti cosa stiamo cercando. Antidoti contro le armi chimiche. Gas velenosi. Molte vite dipendono da noi.

Il Monaco guardò i due. Questa volta hanno detto la verità.

--- E pensi che abbiamo quel genere di cose, qui a Pechersk?

--- Forse lo fanno, e non lo sanno. – Detto Sonja.

--- Sono lo Professore Kracory e lei è la mia Assistente Sonja.Cerchiamo un libro,o libri, non sappiamo quanti.

--- Sono il Monaco Kroski. Il Monaco Benes Kroski. - Detto il religioso, sedendosi sulla sua sedia.--- I tuoi accenti... parli bene l'ucraino, ma non sei ucraino. Mi ha quasi preso in giro in quanto russa, ma non è russa. Sappiamo tutto sui russi. Ho sentito che molti slavi sono emigrati in America.

--- Abbiamo anche sentito. – Detto Sonja.

Il Monaco incrociò le braccia.

--- Non vogliono dire da dove vengono, sono tosti. Presumo che siano americani, cosa sono venuti a cercare, esattamente?

--- Manoscritti e pergamene, forse. Furono portati da un bizantino di nome Bergsson nel 1453 quando Costantinopoli fu presa dai turchi.

Il Monaco Kroski li guardò con totale incredulità.

--- Mi stai prendendo in giro o sei completamente matto? Hai qualche idea del mondo miserabile in cui viviamo oggi, qui e ora? Sei venuto qui, armi alla mano, per portare alla luce una disgrazia di quasi 500 anni? Riesci a immaginare quante disgrazie stanno accadendo in questo momento sotto il tuo naso?

XXXXXXXXXXXXXXXXXXXXXXXXXXXXXXXXXXXXXXXXXXXXXXXXXXXXX

Un monaco e una novizia seguirono il gruppo giù per le scale di pietra che portavano alle grotte. Evitavano di parlare,anche tra loro,comunicando solo con i segni.

Ben presto videro che i corridoi delle grotte erano molto stretti. Il passaggio di due persone, una che sale e l'altra che scende, è stato molto stretto. È stata un'esperienza davvero claustrofobica.

Ci sarebbe ancora il problema dell'umidità.Carte e papiri non potevano restare dentro a lungo. Ci dovrebbe essere una ventilazione sufficiente per i visitatori, ma una biblioteca avrebbe bisogno di un luogo molto più arioso.

Considerando la situazione politica, i libri potrebbero essere stati confiscati dai russi o da un altro invasore. Avrebbero potuto modellarsi, persino scomparire. O semplicemente sono state distrutte, altra possibilità non remota.

Sicuramente le carte di Bergsson non erano più nelle caverne. Se mai lo fossero.

Il monaco e il novizia recitarono alcune preghiere, davanti ad alcune reliquie, e si avviarono su per le scale verso l'uscita.

Potevano già vedere il riflesso del Sole in cima alle scale, quando sentivano oggetti appuntiti sulla schiena.

Un giovane parlò,piano, qualcosa che non capirono.Ma non avevano nemmeno bisogno di capire l'ucraino per sapere che venivano rapiti.

Con la coda dell'occhio, il monaco vide che erano due ragazzi, di circa 20 anni ciascuno. Uno era sulla schiena. L'altro, sulla schiena del novizia.

Continuarono su per le scale e fuori dalle caverne.

Fuori, un plotone dell'esercito russo stava cercando le uscite. Il monaco e il novizia ricevettero il saluto religioso dai soldati e questi risposero. I suoi due compagni nascosero il viso e salutarono anche loro. Così sono scappati dalla rivista.

I quattro andarono sul retro del Monastero. Sono entrati da una porta e qualcuno li ha bendati. Seguirono bendati attraverso una serie di porte e corridoi, fino a raggiungere una scala di pietra, che doveva dare accesso a un'altra grotta.

Lo hanno sentito quando sono stati spinti su due sedie e legati.

Le bende sono state rimosse e hanno potuto vedere la nuova grotta.

Era molto più largo dei precedenti. Era una stanza molto grande, con un po' di luce naturale, il che significava che avrebbe avuto un po' di aria aperta, forse sul tetto del Monastero.

Ci sarebbero stati circa 20 uomini e 3 donne nella grotta, tutti armati.

Uno dei giovani che li aveva rapiti sollevò la tonaca del monaco, mostrando che indossava stivali militari. Sollevò la tonaca della novizia e mostrò che anche lei indossava gli stivali. Li hanno perquisiti entrambi,ma non hanno trovato armi su di loro. Almeno, nulla che, nel 1915, fosse riconosciuto come "arma".

Il ragazzo fece dei gesti,mostrando che i due comunicavano co strani segnali, all'interno della grotta.

Il gruppo non ha distolto lo sguardo dai due prigionieri. Il capo ha fatto alcune domande in ucraino, poi in russo. Nessuno dei due capiva niente.

Dopotutto, il falso monaco Rodolfo Azteca rise:
--- Non credo che abbiamo avuto successo qui in Ucraina.

Anche Kelly, la falsa novizia, rise.
--- Non credo che questi bruti abbiano mai usato il profumo nelle loro vite.

I due risero molto. Anche il capogruppo rise.
--- Quindi parli inglese. Ma non sono inglesi. americani?
--- Vengo dal Texas, lei dall'Ohio. Conosce?
--- No, ma spiega gli accenti. Cosa sei venuto a fare in Ucraina?
--- Turismo. L'America è un paese neutrale.

L'uomo rise. Era alto, sui 45 anni, indossava un'uniforme da Colonnello dell'Esercito. Gli altri indossavano abiti civili.
--- Neutralità. Dev'essere una bella parola, America. Ma questo non esiste, qui in Ucraina. Qui ognuno ha un lato. E rischiano la vita ogni giorno per lui. O sono filo-russi, o filo-tedeschi o filo-ucraini. Come noi. Siamo i Leoni dell'Ucraina.

Capitolo 4

"C'è Qualcosa Che Vuoi Dirmi?"

*"La tua memoria è un mostro.
Viene invocata di sua spontanea volontà.
Pensi di avere una memoria.
Ma è lei che ha te.*

John Irving, scrittore americano.

--- Monaco, posso parlare un momento con il mia Assistente? – Chiese il piccolo nano.
Kroski cominciava a godersi la situazione.
--- Mettiti comodo, Professor Kracory. Ho tutto il tempo del mondo.
Kracoy si avvicinò a Sonja, che stava ancora vegliando sul monaco.
--- Quel Monaco è un completo idiota! - Sussurrò piano. --- Crede di aver visto
disgrazie, con la Russificazione Zarista. Solo tra due anni arriveranno i Bolscevichi. Il
Monastero sarà un museo antireligioso ei monaci saranno inviati nei Gulag in Siberia.
Vivranno ancora lo sterminio dell'Holodomor da parte della fame e incontreranno Stalin
e Hitler. Quando i nazisti arriveranno a Kiiv, i russi faranno esplodere il Monastero.
Come spiegherò questo a un idiota, che pensa di possedere la Verità?
--- Non puoi chiamarlo idiota. Abbiamo bisogno dell'aiuto di questo idiota per trovare il
libro, in mezzo a questa Babilonia di carte. Quindi torna lì e trova un modo per ottenere
l'aiuto di questo idiota.
--- Ho contato la parola "idiota" cinque volte. Sig. dovrebbe accettare la guida del sua
Assistente, che assomiglia di più al sua Capo.
--- Stiamo parlando del libro "L'Idiota", di Dostoevskij.
--- Bel tentativo. La Letteratura Russa è sul primo scaffale a destra.
--- Molto buono a sapersi. Un altro giorno, chissà?
Il Monaco Kroski li fissò entrambi.
--- È chiaro che tu sai cose che io non so. C'è qualcosa che vuoi dirmi?
--- No! - Hanno risposto entrambi allo stesso tempo.
--- Allora perché dovrei aiutarli a compiere la loro missione? Migliaia di vite dipendono
da te? Non hai paura di fallire senza il mio aiuto?
Sonja si è fatta carico della situazione.
--- Monaco Benés, capisco in che mondo vivi. Per te sarebbe normale torturarti e
ucciderti. Brucia la tua libreria e possiamo ottenere tutto ciò che vogliamo, con la forza.
E non hai torto. Forse vedi ancora arrivare quel giorno. Ma non oggi, non per noi. Non
ce ne andremo di qui, con il tuo sangue, e quello dei tuoi fratelli, sulle nostre mani. Se
tu avessi reagito, ti avrei sparato ai piedi, per ritardarti, e darci il tempo di fuggire. Non
ti sparerei mai in testa. Qualunque cosa ci riservi il futuro, non saremo i suoi strumenti.
Se dobbiamo fallire per questo, falliremo. La vita è così. Non puoi vincere sempre.
Il Monaco bibliotecario li fissò entrambi. Alla fine si alzò dalla sedia e andò in
un corridoio.
--- Ottimo. Non voglio che mi colpiscano i piedi prima che scappi. Ti mostro qualcosa.
Scesero in un corridoio, tra gli scaffali. Il Monaco li portò in una stanza
separata, piena di libri molto vecchi.
--- Bergsson di Costantinopoli fu, oltre ad essere un mercante, anche uno studente di

profumeria. Sei stato fortunato. Ha scritto in latino. I russi non li hanno presi perché cercavano solo libri in Ucraino. I libri in Latino erano inutili per gli ignoranti semianalfabeti. Il suo "Trattato Sulla Profumeria",un'enorme,enorme enciclopedia di 10 volumi con quasi 1.000 pagine per volume, fu una delle perdite più sentite dell'incendio del 1781.

La delusione di Kracory e Sonja era reale.Una gemma come quelle perse in un incendio!

---Ma, - Aggiunse il Monaco, --- Bergsson aveva un discepolo, qui al Monastero. Il Monaco Andrey Drominitj visse al tempo dell'incendio. Ha potuto studiare il lavoro originale di Bergsson e scrivere il proprio lavoro, quasi un aggiornamento del lavoro del suo idolo. Quando accadde l'incendio al Monastero, Drominitj era in viaggio e aveva portato con sé i suoi originali. Nel 1782, un anno dopo l'incendio, Monaco Andrey pubblicò il suo libro, per aiutare con i lavori di ricostruzione.

Kroski prese, dal fondo di una mensola, due grandi volumi impolverati.

--- E c'è la tua fortuna. Se Drominitj avesse scritto in ucraino,i russi avrebbero bruciato i suoi libri. Ma doveva essere venduto in Europa. Così scrisse anche in Latino. Quindi questi sono sopravvissuti. Ecco i due volumi di Monaco Andrey. Non sono le 10.000 pagine di Bergsson. Andrey ha condensato, ampliato, aggiornato e ha finito per raggiungere le 2.000 pagine.

--- Sono sicuro che ha fatto un lavoro straordinario, Monaco Benés.

--- Questo libro è un'eredità del popolo ucraino. Ma penso che in futuro gli ucraini non si preoccuperanno troppo della profumeria. Non è?

Sonja e Kracory si guardarono. Kracory ha risposto:

--- La Gloria dei Cosacchi sarà difesa in altri modi. Ma questo libro servirà al suo scopo originale, quello di aiutare a preservare la Storia dell'Ucraina.

--- E non vuoi dirmi come?

--- No. – Sonja e Kracory hanno risposto contemporaneamente.

C'era silenzio. Dopotutto, decise il monaco Kroski.

--- Quindi, considera questo un dono del popolo ucraino. Siete i primi stranieri che entrano qui, pronti a fallire, davanti a un monaco disarmato. Non siete assolutamente russi.

I due abbracciarono con effusione Monaco Benés Kroski. Sapevano che era un addio.

--- Ora andate via di qui, Profumieri! - Detto il Monaco, con voce strozzata. ---- Ci sono molti russi laggiù e non sono destinati a fallire. E se qualcuno di loro lo è, verrà sommariamente fucilato.

Kracory avvolse i libri strettamente in un panno.

--- Mi occupo dei libri. – Detto il piccolo nano. ---- Preferisco che tu tenga le mani libere, così possiamo aprire la strada e andarcene da qui.

Sonja annuì, vedendo il peso e la difficoltà dei pacchi.

--- Allora resta dietro di me. - Lei detto.

Hanno pensato di scendere le scale,ma hanno sentito i soldati russi al piano di sotto. Sonja decise.

--- Non ci stanno cercando. Scopri i libri, lasciali in mostra, sono importanti per noi,non per loro.

Kracory si tolse il telo e scese al piano di sotto, portando i libri.

Scesero al 1° Piano e trovarono un gruppo di soldati che perquisivano le persone.

La falsa suora si rivolse all'ufficiale incaricato, in russo.
-- Sono venuta a prendere dei libri di profumeria, da portare a San Pietroburgo.Questo
ano è stato creato, Sasha. È muto.
L'ufficiale aprì il libro e sfogliò alcune pagine. Né la Profumeria né il Latino
embravano interessarlo.
-- Può andare.
Questa stessa operazione è stata ripetuta altre tre volte, con tre diversi
fficiali. Profumi, a San Pietroburgo, significavano le dame della Corte dello Zar e i loro
icofanti. Nessun ufficiale voleva discutere con una suora di libri di profumeria in latino.
Raggiunsero il punto d'incontro, dove Jill li stava aspettando. Kracory era
sausta. Aveva trasportato quei massi per oltre un miglio, con solo soste rapide! Mise
la parte i libri e si sdraiò sul pavimento.
-- Perché mi hai chiamato Sacha? Sasha era un nome comune tra i servitori! E ha
nche detto che ero stupido!
-- Preferiresti che ti chiamassi Professor Reinhardt? Qui,Reinhardt è un nome tedesco,
i professori sono intellettuali sovversivi. E i muti non discutono di politica né
ispondono a domande.
-- Cosa sta succedendo al Monastero? - Chiese Jill, mettendo i libri in una scatola.
-- Stanno cercando un gruppo della Resistenza Ucraina, chiamato "Leoni di Kiiv". I
oldati hanno visto due di loro rapire un monaco e una novizia nelle grotte.
-- Devono essere il Comandante e Kelly.Sto cercando di mettermi in contatto con loro,
na non rispondono. - Detto Jill.
Kracory ha riacquistato parte della sua forza e del suo coraggio.
-- Devono essere nei guai. Dobbiamo tornare lì e salvarli.
La Contessa Sonja Narodja ha respinto l'ipotesi.
-- Impossibile.Il Monastero è immenso,possono essere ovunque.E anche se sapessimo
love sono, i russi ci hanno già visto. Se torniamo là, susciteremo sospetti e loro ci
eguiranno. Se Roy e Kelly si nascondono, porteremmo noi stessi i russi da loro.
Kracory si sedette sul pavimento.
-- Sonja, stai pensando come qualcuno del 1915. Ma noi veniamo dal loro futuro,
icordi?
La Contessa non capì subito.
-- Abbiamo droni, con telecamere con sensori. Possiamo scansionare il posto,
ocalizzarli e, se sono nei guai, possiamo aiutarli a scappare.
Sonja applaudì il piccolo nano e si rivolse a Jill.
-- Sensori a infrarossi. Ma il Monastero è pieno di gente. Hanno preso degli oggetti
intracciabili?
-- Monaci e novizi hanno crocifissi. I loro hanno dei inseguitori. - Detto Jill.
-- Grande. Devo confessare una cosa. Sono stato felice di portare a termine la
missione alla vecchia maniera. Siamo entrati a Pechersk travestiti, abbiamo preso i libri
e siamo usciti dal cancello principale. Nessun trucco futuristico. Come farebbe qualcuno
di quell'epoca.
-- Solo che avevano molte perdite, appunto, al momento della fuga. Per mancanza di
comunicazioni e disaccordi. È così che molte persone sono rimaste indietro. - Detto
Kracory.
-- Nessuno è lasciato indietro nel nostro Esercito. Questa modernità che abbiamo.
Jill ha aggiunto:
-- Il Comandante e Kelly sono ben addestrati. Sanno cosa fare. Dobbiamo solo far loro

sapere che abbiamo i libri.
--- Grande. – Detto Sonja Narodja.

XXXXXXXXXXXXXXXXXXXXXXXXXXXXXXXXXXXXXXXXXX

--- Allora ricominciamo. - Detto il Colonnello Ucraino.---Oleg e Piotr ti hanno visto nell
caverne. Furono sorpresi due religiosi che non parlavano, osservavano tutto e si
scambiavano strani segni.Inoltre,indossare stivali al posto dei sandali.Ti hanno beccat
pensando che erano agenti russi. Solo i nostri informatori al Monastero dicono che
nemmeno i russi ti conoscono. Adesso sono lassù, interrogano i monaci, cercano un
monaco e una novizia, simpatizzanti ribelli. Cosa siamo noi? Situazione interessante. I
russi ti stanno cercando e tu sei qui. La domanda è: chi sei?
--- I nostri travestimenti erano così cattivi? – Chiese Roy.
            Una delle donne parlava inglese ed è intervenuta:
--- In quale convento si trucca così tanto una novizia? Sembra che provenga da un
bordello.
--- Beh, sappi che sono una ragazza etero. – Rispose Kelly.
--- Conosco il tuo tipo da lontano. – Detto la donna.
            Uno dei ragazzi si avvicinò al capo e gli disse qualcosa. Il Colonnello si rivolse
a loro due.
--- Oleg pensa che dovremmo uccidervi presto. Dammi una buona ragione per non
essere d'accordo con lui.
            Azteca sorrise al Colonnello.
--- Sarai scoperto e avrai bisogno del nostro aiuto per sfuggire ai russi.
--- Ah, quindi ammetti di lavorare per i russi.
--- I russi cercano Oleg e il suo amico. E anche per noi, perché pensi che siamo tuoi
complici.
            Una porta laterale si aprì nel muro della caverna ed entrò un vecchio Monaco.
            Ha detto qualcosa al Colonnello.Ad un certo punto fece un gesto con una dell
sue mani, indicando un uomo di bassa statura e una donna, travestita da suora.
            Roy Azteca si rivolse a Kelly.
--- Stanno parlando del Professor Kracory e di Sonja. Questo deve essere il Monaco
bibliotecario.
            Tutti gli occhi si girarono su di lui. Il Colonnello li guardò rabbioso.
--- Hai detto che non sapevi parlare ucraino!
--- E non lo sappiamo. Ma indicò l'altezza di Kracory e una donna di nome Sonja. Sono
i nostri colleghi.Andarono in Biblioteca a prendere un libro sulla profumeria di Bergssor
di Costantinopoli.
--- Profumeria? – Chiese il Colonnello. --- Che stupidità è?
            Il Monaco fece un gesto con la mano, interrompendo il Colonnello. Era chiaro
che era il mentore intellettuale e politico dei "Leonis". Il Colonnello era lo stratega
militare e l'uomo d'azione.
--- Il Professore e Sonja sono tuoi amici? Perché volevano così tanto quel libro?
--- Potrebbe avere l'antidoto per i gas velenosi, molto cattivo. Sono riusciti a prendere
il libro?
--- Fatto. L'ho dato loro, e poi li ho visti, oltre le guardie e attraverso il cancello.
            Il Comandante e Kelly sospirarono di sollievo.
--- L'hanno fatto. La missione è stata un successo.

Il Colonnello si rivolse a loro due, ancora legati alle loro sedie.

--- Non dimentichi niente?

Udirono un sasso che bussava insistentemente a un tubo di zinco.

--- Ci hanno trovato. - Detto Kelly, sorridendo.

Il piantagrane era sbalordito.

--- Come l'hai trovato? Siamo in una grotta, profonda più di 10 metri!

--- Ci dovrebbe essere un tubo dell'aria qui. Venendo dal tetto, attraverso le pareti. - Detto Roy.

--- Devono aver utilizzato lo scanner del drone,per fare una mappatura 3D delle grotte. - Detto Kelly.

La donna era furiosa.

--- Ma di cosa sta parlando questa pazza?

--- Attesa! - Detto Roy.

Continuavano a sentire il suono del sassolino che colpiva lo zinco.

--- I nostri amici dicono che i russi hanno circondato le grotte. Stanno formando una truppa per invadere i tunnel. Hanno ricevuto l'ordine, via radio, di uccidere il Colonnello Stanislav e il suo intero gruppo. Hanno riconosciuto Oleg, il loro figlio. E...

Azteca e Kelly si fermarono. È stata Kelly a parlare.

--- Dietro quel muro, c'è una persona su un letto. Sembra un bambino malato.

Il gruppo è rimasto sbalordito. Il Monaco li calmò.

--- Ho dato il libro che volevano i tuoi amici. Qui in Ucraina abbiamo l'usanza di restituire i favori.

--- Molto giusto. Se ci lasciano andare, posso rispondere ai nostri amici così possono tirarci fuori di qui. Oppure possiamo restare qui ad aspettare che arrivino i russi.

--- Non troveranno mai questa grotta. – Detto la donna.

--- E non ne hanno nemmeno bisogno. Circonda il Monastero e aspetta che l'acqua e il cibo finiscano. Sarai sepolto vivo. - Detto Kelly.

--- Rilasciali. – Ordinato il Monaco Kroski.

--- Questa è una follia! Stanno parlando con una pietra! - Gridò la donna.

--- È un codice, derivato da Morse. - Detto il Colonnello. --- Solo che chiunque colpisca quel tubo di zinco dovrebbe essere appeso alla torre, alta più di 30 metri. Lì nella volta della Basilica. E mi chiedo come ci sia arrivato, senza che i russi se ne accorgessero. E come hanno visto Sorgi?

--- Buona domanda. posso rispondere? – Chiese Azteca.

Il Colonnello annuì,ordinando ai suoi uomini di sciogliere i prigionieri.Il Monaco detto:

--- Rispondi ai tuoi amici. Se stai mentendo,sarà facile scoprirlo.Ho dato loro il libro che volevano. Chiedi loro chi sono e come è andato il nostro appuntamento.

Rodolfo Azteca si tolse il crocifisso dal collo, lo capovolse e cominciò a battere con il pollice alla base, dove sarebbero stati i piedi del crocifisso.

L'intero gruppo era sbalordito. La donna loquace balbettava:

--- Mio Dio! Non rispetti nemmeno un oggetto religioso! Un crocifisso!

Kelly ha ribattuto:

--- Come San Pietro, che cerca la sua salvezza, capovolgendo la sua croce.

Ritornò il picchiettare del sassolino sul tubo di zinco. Azteca ha risposto:

--- Lei è il Monaco Benés Kroski, bibliotecario di Pechersk. Gli originali di Bergsson sono stati bruciati in un incendio e tu hai dato loro i libri del Monaco Drominitj. E il Professor Kracory si scusa per averlo chiamato "idiota" 5 volte.Lo considera un grande uomo e un grande patriota.

Tutti gli occhi si girarono su Kroski. Era visibilmente eccitato.

--- Questo è tutto. – Confermato il Monaco.

Il Colonnello Stanislav ha preso il controllo della situazione.

--- Chiederemo spiegazioni in seguito. Ora, andiamo via di qui.

--- Posso dare un'occhiata a Sorgi? - Chiese Kelly.

Il Colonnello si rivolse alla donna loquace. Sorgi deve essere suo figlio. Lei annuì, acconsentendo.

Il gruppo li portò all'apertura della grotta, dove un ragazzo avvizzito, di circa 8 anni, giaceva su una roccia.

Kelly si avvicinò al ragazzo e ne esaminò il polso, il collo e il torace.

Kelly si voltò verso il gruppo e scosse la testa.

--- Malnutrizione. Da quanto tempo questo ragazzo non mangia?

--- Non abbiamo mai avuto abbastanza cibo.Ma siamo nascosti da quasi una settimana. Abbiamo mangiato quello che abbiamo trovato nella boscaglia.

Il Tenente Kelly Falsburg, dell'Armata di Polaris, sentiva le sue lacrime sul serio, per i suoi travestimenti da novizio o da impiegato. Fame e miseria erano sempre le stesse in tutto l'Universo.

Malnutrizione. Anche se potessero procurarsi del cibo solido, il ragazzo non sarebbe in grado di digerirlo.Non c'era niente che le loro tecnologie avanzate potessero fare lì, in quella grotta.

Il Colonnello Stanislav ha valutato l'imminente disastro.

--- I russi dovranno solo bloccare le uscite delle caverne e aspettare la nostra morte, all'interno. La nostra unica opzione è combattere e morire combattendo. Non moriremo nascondendoci. Cadremo con le armi in mano.

Azteca videro il gruppo estrarre le armi e dirigersi verso una delle uscite. Ha inviato un messaggio a Sonja. In pochi minuti ricevette una risposta.

--- Forse c'è un'altra opzione. C'è una grotta sotto il Fiume Dnepr che i russi non hanno bloccato.

Stanislav scosse la testa, no.

--- Conosco tutte le grotte di Pechersk come il palmo della mia mano, Straniero.Non c'è grotta, sotto il fiume.

Azteca ha inviato un altro messaggio.

--- L'ingresso è a 100 metri, sulla nostra destra. È bloccata da una roccia. E sembra essere pieno di serpenti.

Il Monaco Kroski guardò Azteca e Kelly dall'alto in basso.

--- Sta parlando di Grotta dei Serpenti. Come fai a saperlo?

--- Grotta dei Serpenti? – Chiese Stanislav.

--- La grotta non è stata scavata dai monaci e dai servi. Lei esisteva già. I monaci lo scoprirono durante i loro scavi e collocarono la pietra che bloccava l'ingresso, a impedire ai serpenti di invadere le altre grotte. I serpenti sono l'immagine del Diavolo, che ammaliò Adamo ed Eva.Sarebbe un'eresia per loro essere sotto un monastero. Così posero la pietra all'ingresso,e nessuno ne parlò più. Solo io e alcuni monaci anziani,ben informati sulla storia del Monastero, lo sapremmo.

--- Monaco Kroski, mi hai chiesto di ricambiare un favore. E qui abbiamo un gruppo di patrioti ucraini condannati. Nel mio paese abbiamo anche l'usanza di ripagare i favori.

Kroski esitò. Stava per commettere un'eresia per salvarsi la vita. Un atto doppiamente sacrilego. Ma salverebbe anche altre 20 vite preziose.

--- Questo è pazzesco. - Detto il Monaco. – La pietra che hanno messo lì è enorme.
--- Possiamo aggiustarla.
--- Anche se rimuovi la pietra, i serpenti invaderanno questa e altre caverne.Non posso essere d'accordo con questo.

Il sassolino colpì di nuovo lo zinco.
--- I russi sono entrati nelle caverne. Dista circa 200 metri da qui. Se rilasciamo i serpenti, presto saranno un loro problema.

Stanislav è intervenuto.
--- Monaco Kroski, ho vissuto una vita di peccati, uccisioni e guerre. Se c'è anche la minima possibilità di commettere u altro peccato e salvare la vita dei miei uomini,sono disposto ad andare all'Inferno con piacere.Mi prendo tutti i rischi.Torna alla tua Libreria e fai finta di non sapere nulla. Siamo uomini ricercati.I russi ci conoscono.Per i serpenti o per i russi, non avremo la stessa lenta morte di Sorgi.

Kroski guardò Azteca e Kelly negli occhi.
--- Stranieri, considerate i vostri favori pagati. Qualunque cosa accada, hai dato ai miei amici qualcosa che non avevano: La Speranza.

Il Monaco li abbracciò entrambi. Poi abbracciò e baciò uno per uno degli ucraini. Benedici tutto il gruppo. Quindi entrò nel passaggio che portava al Monastero.
--- È quello che rischia di più, di tutti noi. - Detto Stanislav. --- L'unico che affronta i russi ogni giorno e non ha modo di nascondersi.

La donna prese in braccio Sorgi. Era già morto.
--- Mio figlio viene con me ovunque io vada. Ti seppellirò comme libre. O muori provandoci.

È tornato il picchiettare sullo zinco.
--- Russi a 150 metri e in rapido movimento. Non abbiamo più tempo da perdere.
--- Nessuno di noi sa dove sia quella pietra Siamo in una grotta, tutte le pareti sono di pietra. Non abbiamo mai sentito parlare di questo.
--- Colonnello,mi permette di prendere il comando finché non raggiungiamo l'altro lato?

Stanislav sorrise.
--- Con piacere, Straniero. È la prima volta che uno straniero chiede il permesso, per comandarci.
--- Mi emoziono. Noi.

Corsero attraverso i tunnel. Roy era guidato da un piccolo dispositivo, simile a un piccolo specchio. Si fermò davanti a un muro, come tanti altri. Non c'era da stupirsi che nessuno l'avesse notata.
--- I monaci coprirono l'ingresso con pietre e intonacarono l'esterno, in modo che nessuno scoprisse i serpenti. Erano demoniaci, per loro. Entriamo.

Senza pensarci troppo, gli uomini iniziarono a sfondare il muro della caverna nel punto indicato. Presto le pietre caddero e una caverna buia apparve davanti a loro.

Presto videro i serpenti e i ragni velenosi, che avevano causato un tale orrore nei monaci.
--- Penso di aver capito ora cosa significa "demoniaco". - Detto Stanislav.
--- Presto capiranno anche i russi. Noi. – Detto Azteca, entrando nel tunnel.
--- Sei pazzo? Ci entrerai? - Detto la donna, portando il bambino.
--- Noi. E vieni presto, dopo di noi. Non abbiamo molto tempo. E tranquillo,non parlare, nessun rumore. – Rispose Kelly, entrando dietro al Comandante Azteca.

Stanislav si fece il segno della croce ed entrò, seguendo gli estranei. Presto, tutti lo seguirono.

Si susseguirono in fila indiana, uno dopo l'altro. Il dispositivo nelle mani degli Azteca emetteva una luce forte,sufficiente perché ciascuno potesse vedere il compagno di fronte.

A poco a poco, hanno notato qualcosa di strano.

Mentre passavano, i serpenti si attorcigliarono e i ragni si nascosero. C'erano anche lucertole nelle fessure delle rocce, ma nessuna le ha attaccate.

Per quanto deboli e stanchi fossero, nessuno di loro osò mostrare alcuna debolezza. Stavano assistendo a un miracolo. Andrebbero fino in fondo, a qualunque costo.

Hanno sentito il rumore del fiume Dnepr sopra le loro teste: stavano passando sotto il fiume!

Poco dopo, quelli davanti hanno ripetuto un segnale a quelli dietro di fermarsi. Si sono accorti che c'era una roccia che bloccava l'uscita.

C'è stato u momento di tensione,ma il segnale è stato che tutti mantenessero la calma.

Presto, hanno sentito lo scoppio di una piccola esplosione. La pietra era stata rotolata via.

Nessuno ha capito. Come avrebbero potuto usare la dinamite lì senza far crollare l'intera caverna? E come avevano ottenuto la dinamite?

Ma sentivano l'aria fresca, entrare più forte, attraverso l'uscita della caverna.

Questo era tutto ciò che contava davvero.

Alla fine sbucarono in mezzo a una foresta, a quasi cinquanta metri dalla riva del Dnepr.

Potevano vedere le torri di Pechersk,attraverso il Dnepr,a un paio di chilometri di distanza.

Non c'era bisogno di capire l'ucraino per capire i loro sguardi di gratitudine. Stanislav ha chiesto:

--- Puoi dirci come hai fatto?

Azteca sorrise.

--- No. E non provare nemmeno a farlo di nuovo. La prossima volta, i serpenti ti mangeranno vivo.

--- Puoi almeno dirci i tuoi nomi?

--- No. Meno sanno di noi, meglio è. Questo te lo posso dire. Oh, un momento, Colonnello.

Azteca vide per alcuni istanti il suo piccolo specchio magico, Stanislav guardò quella cosa, ma vide solo punti e trattini. Conosceva il Codice Morse. Ma quello non era Morse.

Rodolfo sorrise all'ucraino.

--- Abbiamo notizie aggiornate, Colonnello. I russi hanno portato due reggimenti a circonda Pechersk. Hanno già trovato l'ingresso del tunnel "demoniaco", e stanno combattendo una dura battaglia, contro serpenti molto arrabbiati.

Stanislav ricambiò il sorriso.

--- Vorrei essere neutrale,come gli americani,ma non posso. Faccio il tifo per i serpenti.

--- I russi devono pensare che siamo entrati nel tunnel e che siamo morti, devono chiudere il tunnel pensando di rinchiuderci lì dentro.Ti suggerisco di far chiudere questa uscita ai tuoi uomini. In questo modo,sapranno solo che sei scappato e sei vivo,quando riapparirai di sorpresa.

--- Beh, almeno ho scoperto qualcosa su di te, Straniero. Sei, o eri, un militare. E un ccellente stratega.

Il Colonnello lo salutò e il Comandante Azteca rispose.

Adesso erano fratelli d'armi. Missione compiuta.

Stanislav diede alcuni ordini, in ucraino, ei suoi uomini iniziarono a spingere le
occe verso l'apertura della grotta.

Kelly aveva salutato il corpo di Sorgi e aveva abbracciato la donna
iantagrane. I russi devono soffrire, per mano sua.

I due corsero nel bosco e scomparvero.

Raddoppiarono le loro cure per non essere seguiti e andarono al punto
l'incontro.

Sonja e Jill erano già pronte a partire. Ma Kracory sembrava molto nervoso.

-- Vuole dirmi cosa sta succedendo, Professore? – Chiese Rodolfo Azteca.

-- Hai idea di quanto interferiamo con la Storia della Terra oggi, solo per avere questi
bri? - Chiese.

Rodolfo e Sonja si guardarono. La Contessa si rivolse al piccolo nano.

-- Era così tanto? - Lei chiese.

-- I russi riconobbero il giovane Oleg, figlio del Colonnello, e lo seguirono alle grotte di
Pechersk. Portarono dentro due reggimenti, armati fino ai denti, e circondarono ogni
uscita che conoscevano. Tra morire di fame nelle caverne e morire combattendo, i
"Leoni" avrebbero scelto di morire combattendo. Sarebbero andati a sparare e
sarebbero stati massacrati. I loro corpi sarebbero stati appesi ai pali, per intimidire il
popolo ucraino. Questo sarebbe il normale risultato di questa avventura. Stanislav ei
suoi seguaci erano condannati.

-- Nella storia "normale", Kelly ed io non saremmo stati lì, Professore. Anche noi
finiremmo appesi ai pali. Ci salviamo solo. Non abbiamo fatto alcun favore a nessuno.

-- No. Avevi apparecchiature elettroniche che ti permettevano di scaricare una pianta
ridimensionale delle grotte. Hai trovato una grotta nascosta, dietro un muro, di cui
nemmeno gli ucraini erano a conoscenza. Kelly ha scaricato un altoparlante,che emette
a una frequenza ultrasonica. Impercettibile alle orecchie umane, ma colpisce il sistema
nervoso degli animali, paralizzandone i movimenti. Hai fatto saltare in aria il masso che
bloccava l'uscita, perché conteneva esplosivi al plastico minuscoli, nascosti nella fibbia
della cintura. Se non fossimo stati qui, Stanislav e il suo gruppo non sarebbero mai
riusciti a scappare da quella grotta.

-- Questo è vero.

--- Ora, invece delle foto di altri 20 martiri, appese in un museo, questa impresa farà di
Stanislav un eroe nazionale. L'uomo sfuggito all'assedio di Pechersk.I vostri "Leoni",che
oggi avevano 20 anni, domani saranno 200, e poi, forse, migliaia.

-- Forse, Professore. Forse.

-- Nel 1917 i bolscevichi domineranno l'Ucraina,quasi senza opporre resistenza,perché
non c'era un leader, come Stanislav, a organizzare gli ucraini. Inoltre non furono
riconosciuti dalla Società delle Nazioni, nel periodo tra le due guerre, perché non
avevano un solido leader politico, come i cechi avevano Thomas Masaryk.

-- Verità. Stanislav sembrava un buon leader.

-- Nel 1921 scoppierà la Guerra Civile Russa, tra comunisti e anticomunisti.Russi Rossi
contro Russi Bianchi. L'Occidente cercherà di aiutare i russi bianchi dell'Ammiraglio
Kolchak, ma non potrà fare nulla negli angoli della Siberia. Ma se gli ucraini avessero
un leader qui, sulle rive del Mar Nero, l'Occidente potrebbe essere di grande aiuto.
Anche i cannoni della Royal Navy avrebbero potuto prendere parte ai combattimenti.

--- Può essere. Dove vuoi andare, Professore?
--- Se l'Unione Sovietica avesse perso le fertili terre dell'Ucraina nel 1921, non sarebb
stata in grado di mantenere il suo regime per più di 70 anni. La Guerra Fredda,la Cors
allo Spazio, niente di tutto questo sarebbe stato possibile senza il granaio ucraino che
alimentava i sovietici. Hai idea di quanto sarebbe stata diversa la Storia Terrestre?
        Rodolfo si accovacciò per stare all'altezza del piccolo nano e guardarlo negli
occhi.
--- Professore, ha contato quante volte ha detto "se", in una storia di quasi un secolo?
Forse un'impresa come quella nella caverna aiuterà Stanislav a diventare un eroe. Ma
russi saranno ancora in maggioranza e la prossima volta, invece di 2, invieranno 10
reggimenti. Pensi davvero che gli ucraini arriverebbero così lontano senza aiuto? E nor
dimenticare che prima della Royal Navy arriveranno ancora i nazisti.
        Il piccolo nano sembrava dubbioso. E Azteca contrattaccarono:
--- Professore, se sei tornato nel Medioevo come artigiano; se tu avessi martelli,seghe
chiodi, legno e stoffa: smetteresti di costruire la tua caravella? Anche conoscendo tutt
le battaglie navali del mondo? Dalla colonizzazione dei continenti? Non. E perchè no?
Perché tu non sei, non sei mai stato e non sarai mai Dio. Sei solo un uomo, con tutti g
strumenti e i sogni che sono alla tua portata. Farai del tuo meglio con ciò che hai in
mano. E poi puoi dormire sonni tranquilli, con la coscienza pulita. Hai fatto la tua parte
meglio che potevi. Qualunque cosa sia fuori dalla tua portata non sono affari tuoi. Mi
piace molto una frase buddista."Se puoi fare qualcosa,non hai nulla di cui preoccuparti
Se non puoi fare nulla, non hai nulla di cui preoccuparti".
--- Possiamo continuare questo dibattito filosofico a casa? – Chiese Sonja, entrando ne
Teletrasporto. --- Siamo ancora davanti al Monastero di Pechersk, nel 1915. E quando
quei russi si rendono conto di essere stati ingannati, non voglio essere qui, far parte
della vera Storia dell'Ucraina.

Capitolo 5

Percorsi Inaspettati

"Le persone spesso trovano il loro destino,
sulla strada che prendono per cercare di evitarlo.

Jean de La Fontaine, poeta e favolista francese.

--- Che gioia rivederti! - Celebrata Sabrina. Chayse, accanto a lui, sorrideva sollevato.
--- Sembra che voi ragazzi vi siate divertiti in nostra assenza. La Polizia Olandese sta sorvegliando il nostro ingresso. Il Commissario lavora?
--- Stai solo facendo il tuo lavoro. Un certo signore inglese ha sentito che saresti stato fuori, e alcuni signori dell'MI6 sono venuti a cercare un trasmettitore radio. Mi piacerebbe leggere il loro rapporto. - Chayse rise.
        Sabrina rise e chiese:
--- E tu, ti sei divertito molto in Ucraina?
--- L'Ucraina è molto bella e Kiiv è una bella città. In altre circostanze ci saremmo divertiti di più.
--- Principalmente, le loro grotte sono molto belle. - Detto Kelly. --- Quelli con serpenti e ragni, poi, sono d'obbligo.
        Sabrina e Chayse hanno riso molto.
--- Si sono divertiti anche con i ragni! – Detto il brasiliana.
--- Quindi è stato davvero divertente! - Chayse deriso.
        Dopo una doccia e una cena, tutti hanno condiviso le loro avventure e hanno riso molto.
        Più tardi, Rodolfo cercò Sonja.
--- Ho contattato la Matrix. I nostri team di supporto sono già entrati in azione per coprirci. Nessuno ci stava aspettando, in Svezia o in Russia.
--- Abbiamo fornito a Kostler l'itinerario ovvio per i normali terrestri. Gottenburgo – Stoccolma – San Pietroburgo – Kiiv. E "Big" ha avvertito i suoi capi che eravamo fuori. E l'MI6 è venuto a trovarci, alla ricerca di un trasmettitore radio. La domanda è: perché non hanno avvertito la polizia svedese e russa del nostro arrivo?
--- Sarebbe meglio per gli inglesi se cadessimo nelle mani degli svedesi o dei russi? Potrebbero anche essere amici ora, ma la loro amicizia non è così grande.
---Con "Big" che esce con Sabrina,l'MI6 è più vicino a noi degli altri. Perché condividere le tue scoperte con amici loschi?
---The Matrix ha fornito altre informazioni. Mansfield sta perlustrando le presunte famiglie di Jill e Kelly. Trovò gli "Alberi di Natale" negli archivi inglesi, ma non ne fu convinto. Ha anche fatto indagare su Sabrina in Brasile. Trovò persino la tomba di sua madre e la pensione dove vivevano. Ho sentito tutta la sua storia con i vicini.
        Pensò Sonja.
--- Era inevitabile, Roy. Sabrina è una vera terrestre.Se guardi nel suo passato,troverai tutti i posti in cui ha lavorato. È una persona reale.Ma le figlie degli ufficiali inglesi sono personaggi di fantasia. Era chiaro che gli inglesi li avrebbero trovati. Ma non pensavo fosse così presto. Otteniamo troppa attenzione.
--- Devono già cercare gli Azteca, i Narodja, i Chayse ei Kracory qui sulla Terra.

--- Sarebbe anche divertente, promuovere un incontro tra loro, con le nostre vere famiglie, Roy. Per lo meno, sarebbe indimenticabile.

--- Accontentiamoci dei nostri travestimenti. I team di supporto sono già in azione. Come sempre, non danno dettagli. Gli ordini sono di mantenere le storie.

--- Ma per quanto tempo, Roy? Stiamo costruendo un castello di bugie. E un castello di bugie non può durare per sempre.

--- Dobbiamo trovare presto questo antidoto e andarcene prima che tutto vada i pezzi. Ho già inviato i libri degli ucraini a Matrix. Digitalizzeranno tutto e ci invieranno solo i punti di cui abbiamo bisogno.

--- Ma è stata una grande vittoria, Roy! Ora, abbiamo tutto ciò che l'umanità sapeva sulla profumeria, fino al 1782!

--- L'incendio di Drominitj coincise con l'inizio della Rivoluzione Industriale. Da lì, il mondo si è capovolto. Viaggi intercontinentali, coltivazioni in serra... Il Paese delle Macchine era un altro pianeta.

--- Oggi abbiamo vinto il Pianeta Medieval. Domani penseremo al Pianeta delle Macchine, Roy.

--- Immagino che dovremo pensarci prima, Sonja. "Orion" vuole ribaltare la situazione e andare all'attacco.

--- Come questo?

--- È rimasto molto colpito dal libro degli ucraini. Bergsson e Drominitj erano altamente istruiti. Il loro lavoro è fantastico. Quindi pensò: "Se i terrestri medievali potessero sapere così tanto, immagina quelli moderni!"

--- Non ho capito.

--- Vuole attirare da noi i migliori profumieri del mondo. E usa il libro ucraino come esca. Vuole rilanciare il libro, in un'edizione riveduta e ampliata,da noi firmata.Un team di ghostwriter si occuperà di tutto. Dobbiamo solo incontrare i giornalisti e firmare autografi.

--- Solo quello? È impazzito? Saremo al centro dell'attenzione!

--- Questa è l'idea. - Azteca d'accordo.

--- Di chi è l'idea? Chi ha avuto questa pazza idea? Lui, tu o quel piccolo nano pazzo di Kracory?

Azteca distolse lo sguardo. Non era stata una scelta facile per lui.

--- L'idea era Mansfield dell'MI6. Indagare su Jill e Kelly e fare irruzione in casa nostra. È già la nostra seconda invasione. Il primo è stato Fraulein Doctor. Quanto tempo ci vorrà prima che il Commissario Hinca ottenga un mandato di ricerca? Hanno indagato su Sabrina e sono andati alla tomba di sua madre! Avremmo potuto essere arrestati in Svezia oa San Pietroburgo! È chiaro che la nostra strategia difensiva non funziona. Otteniamo troppa attenzione. Siamo spiacenti di informarla, ma il nostro anonimato è già passato allo Spazio. Nessun gioco di parole.

--- Con chi sto parlando? Con Comandante l'Arkonak, o con un Poster Boy?

--- Cosa preferisci, Sonja? Spiega a Kostler perché non viaggiamo per un mese? O spiegare, alla Polizia Olandese, come funziona un teletrasporto extraterrestre?

C'era silenzio. Azteca ha completato:

--- Tecnicamente, questo è un ordine da "Orion". Ma abbiamo già violato gli ordini e visto che andremo alla Corte Marziale, comunque, mi piacerebbe avere notizie da tutta la squadra. Se accettiamo, sarà con il consenso di tutti. Siamo in questo insieme.

--- Appariremo sui giornali, e saremo ancora più esposti.

--- Se qualcun altro viene ad invaderci, possiamo dire che ci ha visto sui giornali, ed è

venuto a rubarci i soldi. Molto più facile che spiegare a tre agenti dell'MI6 che entrano in una profumeria appena aperta alla ricerca di un trasmettitore radio! O una spia tedesca, alla ricerca di extraterrestri!
--- Il vecchio trucco di usare i giornali per nascondersi. - Dedusse la Contessa. --- Segnala ciò che vogliono scoprire.
--- "Orion" pensa che siamo messi alle strette e non abbiamo modo di cercare i migliori profumieri del mondo. Se diventiamo famosi, con il libro, alla fine verranno da noi.
--- La stampa perlustrerà ognuno di noi. – Detto Sonja.
--- "Orion" garantisce risposte a tutte le domande. E mi fido dell'Ammiraglio Sanders. Il Capo stratega è lui. Ma questa è una sua idea. Ho chiesto tempo per consultarmi con la squadra,dopo Kiiv abbiamo avuto un po' di credito. Adesso si fida di noi,almeno un po'.
        La Contessa non era molto entusiasta dell'idea.
--- Diventiamo celebrità della Profumeria. Non lo so, Roy, è troppo rischioso.
--- Celebrità, in termini. Siamo nel mezzo di una guerra. I giornali sono pieni di notizie di lotta. Se abbiamo una nota a piè di pagina, sulla centesima pagina, è molto.
--- Questo è ciò che mi preoccupa. Sottovaluti molto coloro che leggono le note a piè di pagina, alla centesima pagina. Riuniamo il gruppo domani mattina a colazione.

XXXXXXXXXXXXXXXXXXXXXXXXXXXXXXXXXXXXXX

        La notte degli autografi avvenne il 1 Ottobre 1915, in una piccola libreria.
        Era presente un giornalista dell'"Amsterdam Press", con un fotografo.
        E l'editore di "Press" ha inviato una nota, promettendo almeno una piccola foto nell'ultima pagina.
        Erano presenti alcuni amici e clienti della Maison Arkonak Rhugen. Tra loro, Kostler, Hinca e sua moglie.
        Poche persone erano interessate

"TRAHETAT DAE PHERPHUMAREAE"

di Bergsson di Costantinopoli e del Monaco Andrey Drominitj.

Dedicato:

Dai "Leoni di Kiiv",

Al Monastero di Pechersk Lavra e al Popolo Ucraino.

        Naturalmente lo staff della Maison non ha saputo spiegare i contatti con un gruppo di guerriglieri, presumibilmente morti nelle caverne.
        Così, i "Leonis" furono presentati, nel libro, come un gruppo di intellettuali in esilio, che scrissero la Prefazione.
        Nel Settembre e nell'Ottobre 1915 tutto lo spazio del giornale fu riservato la guerra. L'Austria aveva invaso la Serbia, pronta a cancellarla dalla mappa. Ma la resistenza dei serbi era stata impressionante:la stragrande maggioranza degli olandesi, così come tutti i neutrali, erano filo-serbi.
        Il mondo intero è rimasto colpito da quei contadini, che difendevano le loro terre e le loro case, da uno degli imperi più potenti del mondo.

Con guerriglie e imboscate,i serbi spinsero gli austriaci di sconfitta in sconfitta, da trappola per topi a trappola per topi. Dovevano essere inviate sempre più truppe,più villaggi bruciati, più morti e distruzioni, ma i serbi resistettero. Fuggirono da un luogo, per riapparire più tardi, in un altro, luogo inaspettato.

E più a lungo questo gioco del gatto e del topo andava avanti, più l'opinione pubblica si rivoltava contro gli aggressori.

Per la prima volta, l'austriaca brasiliana Sabrina si è resa conto della direzione che stava prendendo la politica.

In Francia era trincea contro trincea, le due parti erano pari. In mare,ciascuna parte ha affermato di avere il sopravvento. Due bugiardi uguali.

In Russia, lo zar era un tiranno, che ridusse in schiavitù il suo popolo, e aveva attaccato per primo la Germania, pensando che ne avrebbe approfittato. Inoltre, lo Zar e il Kaiser erano cugini. Farine dalla stessa busta.

Ma in Serbia c'erano buoni contro cattivi. Lì, i giornali dei neutrali hanno cominciato a schierarsi.

E uno dei neutrali erano gli Stati Uniti.

Sabrina non sapeva molto dell'America. Anche al cinema, la maggior parte dei film erano ancora francesi. I film americani iniziarono ad apparire in Europa, ma ce n'erano ancora pochi.

Ma poteva vedere il Comandante e Chayse in posa come americani. Vide sulle mappe che era un paese immenso e molto potente.

Capì che, prima o poi, sarebbero entrati in guerra e gli equilibri dei poteri sarebbero stati squilibrati.

Quando ciò fosse accaduto, i suoi amici non sarebbero più stati neutrali e avrebbero dovuto lasciare l'Olanda. O anche il pianeta Terra.

Il "Big Ben" Kostler non si è allontanato dalla sua parte, nemmeno una volta, per tutta la notte.

Il Commissario Hinca ha accompagnato il tutto, insieme alla moglie. Erano ospiti speciali della Maison Arkonak Rhugen.

Nel mezzo dell'evento, appare Terry Audrey, come se fosse un po' smarrito. Kostler si finse sorpreso di vederlo e lo presentò agli Arkonak come Rappresentante Commerciale di un'azienda americana.

Quasi immediatamente, si avvicinò a Kelly e Jill.

Chiese Sonja a Roy.

--- Cosa ne pensi di lui?

--- Agente sul campo. Buon tattico, non strategico. È uscito allo scoperto, portato da Kostler, per andare subito dietro a Jill e Kelly. Voglio dire, è venuto per distrarre la nostra attenzione.

--- Riuscito a distrarre Hinca. Il Commissario non distoglie lo sguardo da lui. - Detto la Contessa.

--- Questa dovrebbe essere la tua priorità. Gli olandesi ci osservano e/o ci proteggono. Nessuno può raggiungerci senza passare per gli olandesi.

---Inviare un'altra squadra di predoni sarebbe troppo rischioso e potrebbe compromettere Kostler.

--- Terry divenne "l'Uomo D'Oro". Decidi sul posto e risolvi la situazione. Aspettati forti emozioni. – Concluse Azteca, sorridendo.

Una giovane donna entrò nella libreria, con aria piuttosto seccata.

Ha guardato il giornalista e il fotografo dell'"Amsterdam Press" e il loro isprezzo per lei ha mostrato che si conoscevano già.

Era una dattilografa per "Amsterdam Press". Ho scritto tutto il giorno su una vecchia macchina da scrivere arrugginita. Le sue dita erano insensibili.

Il suo sogno era diventare giornalisti. Ma una donna? Giornalista? Nel 1915? Ridicolo!

Alla ragazza piaceva l'azione. Se potessi, sarei un corrispondente di guerra. O un giornalista della polizia, per denunciare le sparatorie.

L'editore era stufo dell'insistenza della ragazza. Per sbarazzarsi di lei, l'ha mandata fuori orario a vedere la notte degli autografi degli Arkonak.

Era assurdo!Volevano che lei vedesse "come lavora un uomo". Al lancio di un libro di profumeria? Era grave?

Che emozione! Andrei a dormire prima.

Ma in redazione, le sue amiche dattilografe le hanno detto che i profumieri sono sempre stati coinvolti in storie bizzarre: un capitano tedesco, assassinato da adoratori extraterrestri, invasioni notturne, ladri circondati da ragni, polizia alla porta...

Ora sono apparsi con un "Trahetat" di epoca medievale, portato da una zone di guerra!

Che pazzi!

La dattilografa si fece coraggio per affrontare una notte fredda e andò a compiacere l'editore.

Per lo meno, nessuno potrebbe dire che non mi sono sforzato.

Vedrebbe "come lavora un uomo", parlando di profumeria. Esilarante.

La ragazza è entrata in libreria, ha salutato il giornalista e il fotografo, che hanno ignorata. Ne guardò una copia, che era in mostra. E cominciò a sfogliarlo.

Il "Trahetat" era un libro enorme, con più di 1500 pagine, formato 50 cm X 30 cm, copertina rigida! Pieno di incisioni scolpite a mano e nomi latini. Ha mescolato testi tecnici con episodi curiosi. Un mostro letterario!

Di certo, l'intenzione non era quella di essere tra i best seller. Era un libro prestigioso. Il suo obiettivo era quello di stabilire la reputazione della Maison Arkonak nella comunità dei profumieri.

Solo esperti e ammiratori molto ardenti sarebbero interessati a un libro del genere.

Mentre sfogliava le pagine, la ragazza iniziò a impallidire ea sudare freddo. Improvvisamente, in un impeto di coraggio, si avvicinò al tavolo degli autografi, dove c'erano il Comandante Azteca, la Contessa Narodja, Chayse e Kracory.

-- Mi scusi. - Detto, avvicinandosi al tavolo. ---- Sei andato a Kiiv per prendere questi originali?

Il giornalista di "Amsterdam" le è corso dietro, cercando di tirarla fuori di lì, tenendola per un braccio. Il Comandante lo fermò.

Tutti si girarono verso di lei, le loro espressioni divertite.

Era stato l'incidente più divertente della notte!

Fu la Contessa a rispondergli, con un bel sorriso.

-- Bene, abbiamo provato. Abbiamo anche iniziato il viaggio a Kiiv. Ma è molto difficile viaggiare,a causa della guerra.Dovevamo tornare indietro a metà.Ecco perché abbiamo impiegato così poco tempo. Fortunatamente per noi,alcuni amici ucraini hanno scoperto il nostro viaggio. E ci hanno inviato gli originali, tramite un messaggero.L'ufficio postale sono anche orribili. Non chiedermi nemmeno come hanno fatto.Questo è il loro segreto.

-- Puoi darmi un indirizzo di contatto, con il tuo amico ucraino? – Chiese la ragazza.

--- Posso cercare il suo contatto. Come ti chiami?
--- Mildred. Mildred Bergsson.
--- Oh, Bergsson. Abbiamo un discendente di Bergsson da Costantinopoli? Ma Bergsso
è un cognome abbastanza comune in Svezia e Scandinavia. E dove camminavano i
Vichinghi, come Kiiv.

  La ragazza esitò. Non pensavo che il suo cognome fosse così comune. Agire
d'impulso. Non avevo pensato bene. Ora, si sentiva un'idiota.
  La Contessa fece un sorriso.
--- Non importa. Lei è la Bergsson che è venuta per onorarci oggi. Signor fotografo,
Signore Giornalista,fatele una foto co noi.Oggi rappresenta Bergsson di Costantinopoli.
  Il rapporto è apparso anche nella foto. Altrimenti, potrebbe danneggiarla in
redazione. Politica del buon vicinato.
  Anche il Commissario Hinca, Benjamin Kostler e Terry Audrey sono apparsi
nelle foto dell'evento. E tutti hanno notato la reazione della dattilografa.
  Quando l'evento è terminato, Chayse ha sbattuto a terra il suo bastone.
--- Vedo che ci siamo fatti un nuovo amico.
--- Cosa ne pensi di lei? – Chiese la Contessa.
--- Sta nascondendo qualcosa. Il suo legame con Bergsson non è solo il suo cognome.
Ansimava, ansiosa, preoccupata. La Signorina Mildred ha scoperto qualcosa nel libro
che non voleva dirci.
--- Lavora presso l'"Amsterdam Press".È una dattilografa per un giornale e suoi colleg
maschi la odiano. Posso già vedere quanto sia audace.
--- No. Non è uno scoop giornalistico. È personale. Questo Bergsson, se non è
imparentato, ha almeno l'anima, e forse qualche altro legame, con Bergsson.

XXXXXXXXXXXXXXXXXXXXXXXXXXXXXXXXXXXXXXXXXX

  Il giorno successivo, una busta è stata spedita all'Amsterdam Post, con un
ritaglio dell'"Amsterdam Press".
  Il destinatario ha detto:
  "Per
  Mia Sorella
  Petra Bergsson Stravlov
  Stoccolma, Svezia."

FINE

* 9 7 9 8 8 0 7 8 4 0 5 3 0 *